全《ワールドクラス》を集めた
頂上会議が開始！
「今すぐ帰りたい……」
ざんばらに切られた銀の髪に
色素の抜けた灰色の瞳。
全身を真っ白の服装で揃え、
無味乾燥な目をした獣のような少年、
物部星名は心底疲れ果てたような声で
テーブルに突っ伏していた。

「引っ付かれると暑いんだ。無理。後にしてくれ」
「せーんぱいッ★」
クラウディア
小悪魔的な美女で、情報収集に特化した能力者。過去に星名に助けられたことがあるらしく、彼に懐いている。

「後からだろうが何だろうがなし!!ね!」
リリカ
最上級戦闘員の一人で星名の同僚。腰についたミニチュアの攻城兵器を巨大化させて戦う。
物部星名
もののべ・ほしな
「科学魔術」をあやつる中でも最上級戦闘員の一人。全身真っ白でいつもヘッドホンで何かを聞いている。

「随分と、どでけーもんが来たなおい」
目の前ではあらゆる獣の骨を組み合わせた
巨大な化け物が鎌首をもたげていた。
見た目は骨の龍、といったところか。
西洋ではなく東洋の、
日本の神話に出てくるような蛇に似た形で
此方を睨んでいる。
「これどうやって
倒したらいいんだろうな？」

異世界と繋がりましたが、向かう目的は戦争です２

ニーナローズ

HJ文庫
1046

口絵・本文イラスト　Ｎａｉｖｅ

2 Connected with the Another World, But the purpose of the visit is War

CONTENTS

「今すぐ帰りたい……」

「まだ始まってもねーでしょ。何腑《ふ》抜《ぬ》けたこと言ってんですか」

ざんばらに切られた銀の髪《かみ》に色素の抜《ぬ》けた灰色の瞳《ひとみ》。全身を真っ白の服装で揃《そろ》え、無味《むみ》乾燥《かんそう》な目をした獣《けもの》のような少年、物部星名《もののべほしな》は心底疲《つか》れ果てたような声でテーブルに突《つ》っ伏《ぷ》していた。ひんやりと冷たいテーブルに頬《ほお》を押《お》し付けて、突っ伏したまま指先でヘッドフォンを弄《いじ》る。

大理石で作られた巨大《きょだい》な円卓《えんたく》は重厚《じゅうこう》で、その周りに配置されてある椅子《いす》もテーブルに似合った豪奢《ごうしゃ》な作りだった。まるで王座のように絢爛《けんらん》に飾《かざ》られた椅子の一つに星名は腰掛《こしか》けている。

彼《かれ》の隣《となり》に着席しているのは、白のドレスシャツと太腿《ふともも》の半ばまで露出《ろしゅつ》させた短パン、サイハイソックスにロングブーツを組み合わせた露出過多なんだか、隠《かく》してんだか、よくわからない姿をした美女だった。お団子に結《ゆ》い上げた髪にカウボーイハットに似た帽子《ぼうし》を乗せている。

名をサティクル・ノーチェ。彼女《かのじょ》は優雅《ゆうが》に足を組んで座《すわ》っていた。彼女の言葉に唸《うな》るように星名は反論する。

「だっていらねーだろこの会議さぁ。ネット越《ご》しにしようぜ、わざわざ集まって顔合わせる必要性って何処《どこ》にあんだよ」

「そんなことを言いつつ、始まる前に座ってんのは何故《なぜ》です?」

呆《あき》れた声を出されても星名はテーブルに突っ伏したまま顔を上げない。

「お仕事だからに決まってんだろ。お給料が発生するの。給料分は仕事しないとダメだろ。サボりは性に合わん」

「真面目《まじめ》なヤローですね、相変わらず。他の奴《やつ》らも見習ってほしいもんです」

「オレも早めに来たぞ」

「手前《てめえ》は初参加でしょう。早めに来るのは当然です」

彼らの向かいには分厚い寒冷地仕様のロングコートと外套《がいとう》を纏《まと》った男が座っていた。ギルカルテ・シルバースタン。星名と同じ、【ワールドクラス】の特別技能戦闘員《せんとういん》である。

「他の奴らも集まんの遅《おそ》いし。時間にルーズ過ぎやしねぇか。つーか毎度のことだが【ワールドクラス】大集合しちゃって良いわけ? 世界のバランス的によ」

「そのバランスを正す為《ため》にわえらは働いているんやろ？　集合せんでどないすんの」

はんなりとした声が突如《とつじょ》割《わ》り込《こ》んだ。だが彼らは誰《だれ》も動じない。当たり前のように会話に巻き込んでいく。

「そう思うなら早く来い。五分前行動は大事だぞ」

「無理無理、のろのろ動きが美しいー！　なんて考えてる亀《かめ》やろうに言ったたって無駄《むだ》無駄《むだ》なのです。ほっしーだってわかってんデショ。遅刻《ちこく》していないだけ褒《ほ》めてあげなきゃネ」

「だからお前にも言ってんだよ、阿呆《あほう》ども」

ゆったりとした美女は豪奢な着物を纏っていた。その上から羽織のように白衣を着る姿はひどくアンバランスだというのに不思議と調和している。ミア・ウェルチィーニ。医療《いりょう》専門の特別技能戦闘員だ。

その後ろからふざけた声をあげる少女はザ・部屋着という感じの楽さだった。ブカブカのTシャツに、その裾《すそ》からギリギリ覗《のぞ》くジーンズの短パン。むき身の足を晒《さら》す彼女は今、自室から出てきましたと言わんばかり。だらけきった服装は着物をきっちりかっちり着こなしている美女と比べると落差がすごい。

彼女達《かのじょたち》もまた、【ワールドクラス】。世界最強に名を連ねる特別技能戦闘員だ。彼女達に続くようにまばらだった席が埋《う》まっていく。

その数は九つ。集まった者達で雑談を交《か》わしていると不意に照明が落ちた。薄暗《うすぐら》くなった世界でそれぞれが腰《こし》かける椅子がひとりでに浮《う》き上がっていく。一つ動かすぐらいならともかく、九つの椅子と巨大な大理石のテーブルも含《ふく》めてだ。どう考えても人間業《にんげんわざ》ではあり得ない。

「お、リーダー様のご登場か」

突然《とつぜん》、空中に浮かび上がった椅子に驚《おどろ》きもせず、慣れたようにバランスを取る星名は歌うようにそう呟《つぶや》いた。

いつの間にか闇《やみ》色のフードを深く被《かぶ》った性別不明の人物が最後に残った椅子に座っていた。危《あや》うく揺《ゆ》れる椅子の高度は落下すれば運が良くて大怪我《おおけが》、悪ければ死というレベルだが、誰の顔にも恐怖《きょうふ》はおろか、驚きの一つもない。

毎度おなじみ恒例《こうれい》行事であるからだ。慣れているので何も思わない。初参加のギルカルテは不明だが表面上に変化は見られなかった。

「始めましょう」

高くもなく、低くもない、どこまでも中性的な声色《こわいろ》だった。体格も良くもないが悪くもない。女性的な男性と言われれば納得《なっとく》し、また女性だと言われても違和感《いわかん》がない。そんなどっちつかずのヒト。

星名から見ても性別がわからない。意図的に隠しているのか、そうでないかはわからないが【ワールドクラス】の誰も性別を知らないはずだ。彼女（または彼）は淡々《たんたん》と何かを読み上げるように言った。

「本日の議題、【ワールド・ストーム】の処罰《しょばつ》について」

処罰、という言葉に世界最強達が反応した。一際《ひときわ》高く持ち上げられた椅子に星名と当事者を除いた、全員の鋭《するど》い殺気が充満《じゅうまん》する。その矛先《ほこさき》が優雅に椅子に腰かける灰色の男を貫《つらぬ》いた。

【ワールドクラス】を束ねる世界最強のリーダーが罪状を読み上げていく。

「【ワールド・ストーム】は裏切者に加担した疑いがあります。首謀者《しゅぼうしゃ》自体は処罰済みですが、貴様の罪はまだです。何か弁明は？」

「ない」

うっそりと。

笑《え》みすら浮かべながらギルカルテは即答《そくとう》する。その顔に後悔《こうかい》はない。確かに裏切者に加担した。だがその選択《せんたく》は正しかったと信じている。そうしなければ彼の恋人《こいびと》は救えなかったと。

その愚直《ぐちょく》なまでの率直《そっちょく》さは星名も評価していた。

「リーダーさんよ、それに関しては報告書をあげているはずだ。問題なし、とな。それを掘《ほ》り返すのはちょっと違《ちが》うんじゃねえの。具体的に言うと報告書あげた意味がないんだが」

息が詰《つ》まりそうな緊張《きんちょう》感の中、緩《ゆる》い声があがる。

星名だ。同じ【ワールドクラス】、そして始末を任された者として報告書をあげていた。

今のこの状況《じょうきょう》は彼の仕事を無視した形で行われている。

彼の文句に【無重力システム】はわずかに首を傾《かし》げた。

「【銀の惑星《わくせい》】、あなたの報告はきちんと受け取っています。そのうえでこの場を設けているのです。彼の【ワールドクラス】の格下げ、並びに処罰を加えるかを」

「なめてんのか、リーダー様」

【ワールドクラス】からの降格処分ということは最悪、処罰として処刑《しょけい》もあり得るのだ。

そうさせない為にわざわざ報告書を書き、本人にも功績を与《あた》えられるように動いた。それをすべて台無しにされた。

どろりとした殺気にも似た怒気《どき》が部屋を飲《の》み込んでいく。【ワールドクラス】達の殺気をたった一人が塗《ぬ》り替《か》えていった。彼は【ワールドクラス】の中でも戦闘《せんとう》に特化している。その戦闘員の純粋《じゅんすい》なる怒気がリーダーたるたった一人に向けられる。

何人かの戦闘特化の【ワールドクラス】達が星名の怒《いか》りに感化されてそわそわしているのが横目に見えた。乱闘騒《らんとうさわ》ぎが起きたら喜んで参戦してくる気だろう。普段《ふだん》なら嫌《いや》がって治めるところだったが、今回に限ってはそれを全く気にしていなかった。今まさに攻撃《こうげき》を仕掛《しか》けそうなほど苛立《いらだ》ちを見せる星名にサティクルが声をかける。

「少し落ち着いたらどーです。荒《あ》れてもしょうがねーですよ」

雑な口調だったが、その声は宥《なだ》める為に優《やさ》しく平坦《へいたん》になっている。刺激《しげき》をしないように気をつけているのだろうが星名にとっては逆効果だった。

彼はヘッドフォンを指先で撫《な》でながら吐《は》き捨てる。

「俺《おれ》に命令するな。落ち着いてるよ、これ以上ないほどな。それを踏《ふ》まえて聞いている。俺が質問しているのはリーダー、【無重力システム】に、だ。余計な口出しをするな」

殺気を向けられた側の【無重力システム】は冷静に対応してきた。

「……気に障《さわ》ったのなら謝罪します。あなたをないがしろにしたわけではありません」

「だが結果的にそうなっている。仕事をする意味を潰《つぶ》すつもりか？」

空気が張り詰めていく。

星名の色素の薄《うす》い灰色の目が残虐《ざんぎゃく》な色をのぞかせたその時、一人の手が挙がった。

【無重力システム】が促《うなが》すとミアが言った。

「【ワールド・ストーム】は新参者やろ。わえも資料読んだけど、降格処分にするほどやないと思うで。一回ぐらい見逃《みのが》したってもええんやないの？」

ギルカルテを庇《かば》うような発言だった。

わずかに片眉《まゆ》を動かした星名が怒気を消滅《しょうめつ》させると途端《とたん》に張り詰めた部屋の空気が緩む。乱闘騒ぎにならなかった為、何名かが逆に不満そうな顔になった。

ミアの言葉に反論するように別の椅子から声が上がる。

「だが処罰は必要だ。規律は規律として引き締《し》めなければならない。我らは【ワールドクラス】、世界最強の自負を持つべきだろう」

「だからってお偉《えら》いさん方に言われるままに処分するのは違うのでは？【銀の惑星】の言う通り一通り事件は解決している。めくじらを立てるようなものでもないというのも確かです」

「意見として述べるのであれば、あんまりにも締め付けが厳しいのはいけないと思いますよお。柔軟《じゅうなん》に対応してこそではぁ？」

「しかしお咎《とが》めなし、というのは甘《あま》すぎる」

ミアの言葉にざわざわと言葉が交わされ出した。

それぞれが世界最強を担《にな》う実力者達だ。考え方も違う上に我儘《わがまま》だが、同時に世界最強としての厳しい視点も持ち合わせている。

「仮に格下げしたとして【ワールド・ストーム】が抜けた穴をどう埋める？　輸送物資の問題があるだろう。上に説明できるか？　即時《そくじ》対応できる特別技能戦闘員はいなかったはずだが」

「規律を守らなくても言われるだろう。処罰を下さねば、ねちねちと犯罪者を見逃すのか、などと言われかねない。犯罪を未然に防ぐ為にも、上に対してそれなりに黙《だま》らせる材料がいる」

「変な激戦区に放《ほう》り込んで死んじゃったら大変だものねぇ。拘束《こうそく》は付けておいても良いんじゃなぁい？」

【ワールドクラス】の力は戦争に参加していない一般人《いっぱんじん》が住む都市【本国都市】などのインフラも担っていたりする。一人が抜けることはそれなり以上に打撃《だげき》なのだ。だからこそ処罰も重くなる。代わりに融通《ゆうずう》も利《き》きやすく、メリットも多い。

騒《ざわ》つく【ワールドクラス】達に黙っていたリーダーが口を開いた。

「【ワールド・ストーム】を【ワールドクラス】から降格処分にするか、はたまたこのまま在籍《ざいせき》させるか。多数決を取りましょう。降格処分に対して反対か、賛成か。今この場で決定してください」

丁寧《ていねい》な口調だが、何処《どこ》か威圧的《いあってき》だ。上に立つ者特有の命令することに慣れた感じがあった。

彼、もしくは彼女の意思に従って浮かぶ重厚な椅子が移動し始める。アトラクションのような浮遊《ふゆう》感を味わいながら星名は退屈《たいくつ》そうにひじ掛《か》けに頬杖《ほおづえ》をついていた。

移動した椅子は星名側の方が多かった。つまり、ギルカルテの降格処分は反対派が多数。

変わらない一定のトーンで【無重力システム】は結論を出す。

「……賛成が多数。【銀の惑星】の意見を尊重しましょう。【ワールド・ストーム】の【ワールドクラス】からの格下げはなしとします」

割と自分の命の瀬戸際《せとぎわ》だったのだがギルカルテの表情は特に変わらなかった。彼は新参者ではあるがそれで対処が甘くなるほど【ワールドクラス】の名前が軽くないことは理解しているはずだ。

星名が声を上げなければ、ミアが口添《くちぞ》えをしなければ、なす術《すべ》なく死ぬ可能性もあった。その恐怖を飲み込んで無表情を貫くとは。

彼も世界最強に名を連ねるだけのことはあるのかもしれない。

ギルカルテは星名に対して謎《なぞ》の信頼《しんらい》があるようなので変に楽観的になっているだけかもしれないが。

一件落着かな、と星名が目を細めたところで、

「ただし」

【無重力システム】の言葉が続く。

「【ワールド・ストーム】には別に罰《ばつ》を与えます。しばらくは仕事に忙殺《ぼうさつ》されるでしょうが甘んじて受けなさい。休暇《きゅうか》は許可されません。良いですね？」

「了解《りょうかい》」

言葉少なに、だが即答で応じた青年にリーダー様はフードの奥《おく》で一つ頷《うなず》いた。

多数決の形で二分されていた椅子が再び動き出す。

「では次の議題に移りましょう」

全員の意識が切り替わる。リーダーに注目が集まった。

「次の議題は『諜報員《ちょうほういん》の質の低下』についてです」

「諜報回りの担当は【トゥルー・マザー】だろ。教育の指導方法が悪いんじゃないのか？」

次に槍玉《やりだま》にあげられたのは、おっとりした美女だった。若奥様《わかおくさま》感が半端《はんぱ》ない、母性溢《あふ》れるその人は空中に持ち上げられた椅子にお上品に腰掛けつつ、困ったように眉を寄せる。

「そう言われましてもぉ、やり方は別に変えてないんですよぉ」

「情報の担当は？」

「機密情報は共有してるけど【教育方針】にまでは口を出してない。無関係だよ」

「じゃあ何か？　受ける側の問題？」

「無理に特別技能戦闘員に教育していると？　審査《しんさ》は厳正なもののはずだ。特に諜報、情報となると一層厳しい。条件を緩めたのか？」

ギルカルテとは別の意味でざわざわと声があがった。誰かからの質問に【トゥルー・マザー】と呼ばれる女性は首を横に振《ふ》って否定する。

「えー、そんなことはしていませんよぉ。そもそも質の低下というのはどういうことなんですぅ？」

間延びした声だが、おっとり、ゆっくり喋《しゃべ》っているだけなので不思議と人を苛立たせない。ただ小さな子供に対応するような話し方を誰に対してもするからか、星名個人としては苦手なタイプだった。

美女の疑問に答えたのは【無重力システム】だ。

「近頃《ちかごろ》、異世界に潜入《せんにゅう》した諜報員の救助に向かう仕事が増加しています。異世界に突入《とつにゅう》させた途端、情報収集する前に捕《と》らえられている。無駄《むだ》に人材を消費することは望ましくありません。潜入し、情報を入手し、無事に帰ってくることが出来る人材が欲《ほ》しいのです。私達の最終目的は異世界の無力化。あらゆる武器を破壊《はかい》し、あらゆる武力という武力を削《そ》ぎ落とす。万に一つの可能性をすべて排除《はいじょ》した後に地球側は勝利することができるのですから。すべての戦闘行為《せんとうこうい》はこの目的に向かっています。諜報活動も同様です。その自覚を持ってください」

「特に【トゥルー・マザー】、君の管轄内《かんかつない》での救出作戦が多い。他の潜入員達は無事に仕事をこなしている。と、なれば新人を請《う》け負うことの多い君の仕事の問題ではないのかね？」

「それは確かにぃ、問題ですねぇ」

【トゥルー・マザー】も把握《はあく》していなかったらしい。教育の方法を変えていないとなると彼女の能力が弱まっている、という可能性も出てきた。

「君自身の能力の弱体化、という線は？」

「それはないと思いますよぉ。そうなると他の子に影響《えいきょう》が出ていない説明がつきませんしぃ」

彼女の能力の影響が出ているなら、新人だけでは説明がつかないのだと彼女は言った。これ以上は話していても憶測《おくそく》にしかならないと判断したのか、【無重力システム】が話を切る。

「【トゥルー・マザー】、至急何が起こっているのかを把握し、問題を報告してください。何故、あなたの能力が弱体化している、と誤解されかねないことになっているのか。その報告を求めます。あなたの能力も検査することを命令します」

「了解しましたぁ」

最後まで間延びした返答だった。持ち上げられた椅子が他の椅子に並ぶ。ぱらぱらと疑問の声が上がり出した。

「その新人の諜報員の件についてはどうする？」

「一度、全部隊を撤退《てったい》させた方が安全ではねーんですか。これ以上ヘマをやらかして救出作戦に行ってくださいなんて、何人助けられるかわかったもんじゃねーですよ」

「それはそうやろうけど、今、撤退させたら困る子もあるんやないの？」

「いきなり全部隊を即時《そくじ》撤退させると今後に支障が出るだろう。諜報を難しくさせるだけではないのか？」

提案やら何やらが飛び交う中、星名がさらりと言った。

「順次撤退させればいい。元々、諜報員は撤退することが前提だろう。身の安全を考えても一斉《いっせい》に撤退するのは無理だ。だが、そのままというのも不安が残る。優先順位の問題はあるだろうが、【トゥルー・マザー】の管轄内を優先的に撤退させればいい。異世界の情報は手に入りにくくなるという問題は残るが、そうも言っていられないんだろう」

「【銀の惑星】の言う通りです。順次撤退の方向で軍の上層部には伝えますので、戦闘専門の【ワールドクラス】は割《わ》り振られた任務での救出や撤退の補助を。くれぐれも深追いし過ぎないように。良いですね？」

「了解」

「承知した」

「あーい」

それぞれが頷く。戦闘向きでない奴ら代表のミアが質問した。

「わえらは？」

「非戦闘員の【ワールドクラス】は待機しておいてください。この件に関しては【トゥルー・マザー】の報告の後、追って指示を出します」

「了解や」

そのままいくつかの議題を話し合い、世界最強の席に座る【ワールドクラス】の会議は

20

終わった。

第一章　地球://メキシコ　ユカタン半島　ジャングル迎撃作戦

1

鬱蒼《うっそう》と生い茂《しげ》る森の中。

遥《はる》か昔に存在した文明の名残《なごり》、神秘的な遺跡《いせき》が散らばるジャングルの中を一定の距離《きょり》を取りながら国連軍所属、第六〇八大隊が進んでいた。

武器や歩兵を乗せた無骨な車が道なき道を進んでいく。その内の一台、荷台に乗った星《ほし》名《な》は露骨《ろこつ》に舌打ちした。

「チッ。俺の専門は最前線での敵兵の殲滅《せんめつ》だぞ。それがなんで一般《いっぱん》兵どもに混じって仲良く迎撃作戦なんぞに駆《か》り出されているんだ？　一人で最前線投入なら兎《と》も角《かく》さ」

「万が一にも逃《に》がしちゃダメな奴だからよ。初《しょ》っ端《ぱな》から莫大《ばくだい》な戦力を投入した方が安心でしょ。お偉いさんも、現場の兵士もね」

「森の中なら別に俺じゃなくて良いと思うけど。もっと適任者いるだろ。俺だと能力使ったら一帯更地《さらち》だよ。ド派手に地図を書き換《か》えたいって話なら別だけどさ。どうせ制限しろ、やりすぎるなって言われるんだ。ちまちました戦い方は性に合わないんだが」

「アンタの売りはどんな環境下《かんきょうか》においても一定の水準で実力を発揮できる、なんでしょう？　その宣伝に恥《は》じない仕事をしろってことなんじゃないの」

同じ荷台には泥臭《どろくさ》い戦場に似つかわしくない、ド派手な黄色のドレスを纏い、真紅《しんく》に染めた髪をツインテールにした少女、リリカがいた。彼女は腰に下げたミニチュアの攻城兵《こうじょう》器をちゃらりと鳴らして、呆れたように息を吐き出す。

わかっていても気に食わないものは気に食わない。ぶつくさ文句を言いながら全身真っ白な少年、星名は手持無沙汰《てもちぶさた》に首から下げたヘッドフォンをいじっていた。

「今回のはなんだっけ？　来るのがわかってるんだよな、確か」

『諜報員の情報が正しければ、ね。間違《まちが》っていればそれでよし。あっているならそのまま作戦開始よ。ここは【本国都市】に近い。何かあってからでは遅いの。準備しすぎなくらいがちょうど良いのよ。もし正解なら何としても食い止めないと犠牲《ぎせい》になるのは無辜《むこ》の民よ。軍の仕事としては張り合いがあるでしょう？』

無線機から指揮官、アナスタシア・ローレライの声が聞こえてくる。いつになく、彼女の声も緊張していた。

真面目な作戦の理由にリリカが疑問を飛ばす。

「そんなに重要な待ちの作戦なら【ワールドクラス】の【ワールド・ストーム】とかが適任じゃないの？　彼を待機させて極悪《ごくあく》天候を一年でも二年でも長引かせれば早いし的確だと思うけど」

『完全にたったの一人も逃がさない、という保証があるか？　大人数でそもそも門を見張って出てくるところを叩《たた》く。それが有効打であると話し合いがなされてるのよ』

「まぁ決まったことに口出ししても無意味だってわかってますけどぉ」

言い返されて子供のように頬を膨《ふく》らませたリリカ。再びちゃらりとミニチュア同士がぶつかる音が響《ひび》いた。

『そもそもその【ワールドクラス】様は別口で仕事よ。こっちには回されないでしょうね』

「だろうな」

【ワールドクラス】のリーダー、【無重力システム】の言い分だと【ワールド・ストーム】ことギルカルテはしばらく休みなく世界中のあちこちに引きずり回されることだろう。だから【他に任せられる程度】の仕事であるならまず無理だ。彼にしかできない仕事は山のようにあるのだから、星名が所属している大隊など回されるはずがない。何せ【ワールドクラス】の枠《わく》は既《すで》に星名が埋めている。

訳知り顔で頷いた星名にリリカが質問を飛ばした。

「何か知っているの？　また何か手回ししたんじゃないでしょうね」

「穿《うが》ち過ぎだ。俺は関与《かんよ》していないよ」

微妙《びみょう》に答えになっていない返答だった。それに対して僅《わず》かに眉根《まゆね》を寄せただけでリリカは追及してこなかった。聞いても無駄、と判断したのだろう。

だが答えとして間違ってはいないのだ。星名は仕事の割り振りには関与していない。何故そうなったのかを知っているだけ。処罰に関しても星名が干渉《かんしょう》できるような権限はない。

ガタゴトと整備されていない道を、兵士達を乗せた車が走っていく。荷台に乗った星名達はユカタン半島に存在する異世界への門《ゲート》に向かっていた。

会話が途切《とぎ》れた中、可憐《かれん》な声が不意に言った。

「ん。でも、大規模な迎撃作戦だからいっぱい戦力を投入するのは仕方ないことだと思う」

同じ荷台に乗っている少女だった。

抜けるように白い肌《はだ》と色素の薄い金糸の髪。その目元は大きなゴーグルに隠されて見えない。腰回《こしまわ》りには木で作られた矢が収まった矢筒《やづつ》が複数下げられている。傍《かたわ》らに自分の身長ほどもある木製の弓を転がした少女、ガヴィ・ウェスタンはうんうんと首を縦に振っていた。

素朴《そぼく》な白のワンピースに身を包んだ彼女は大人びた見た目の割に幼い雰囲気《ふんいき》があった。

そのせいか浮世《うきよ》離《ばな》れしていて無垢《むく》な妖精《ようせい》を連想させる。ゴーグルを外して野原にでも立っていれば森の妖精にでも間違われそうなほどだ。

彼女もまた特別技能戦闘員。個別識別コードは【アルテミス】。ギリシャ女神《めがみ》の名を冠《かん》する戦闘員だった。

「あるかどうかもわからない襲撃《しゅうげき》なんだろう？　戦車まで持ち出して、よくやるよ」

星名達の今回の仕事は後方支援《しえん》。

前面で戦う兵士が見落とした、または包囲網《ほういもう》を突破《とっぱ》した輩《やから》を打ち漏《も》らしなく迎撃することだ。

建物破壊のスペシャリスト【籠城喰《ろうじょうぐ》い】リリカ、深い森の何処に逃げ込もうとも精密極《きわ》まる狙撃《そげき》でネズミ一匹逃《びきに》がさない【アルテミス】のガヴィ、極めつけに最高火力の【銀の惑星】星名。

彼らで逃亡《とうぼう》を防ぐ布陣《ふじん》だ。正直、星名からすると戦力の過剰《かじょう》投下にも思えるが、命令した軍の上層部はそれだけ何かを恐《おそ》れているという証拠《しょうこ》でもある。

世界最強を投入しないと不安になる何かを。

「(一体何が来るって言うんだ？)」

お偉いさんというのは総じて臆病《おくびょう》なものだ。それは理解しているが来るかどうかも不明な襲撃に【ワールドクラス】の星名まで投入する理由がわからなかった。彼は文字通り世界規模の存在だ。それなりに重宝されているという自負はある。

だからこそ今回の作戦はあまりにも【安っぽい】と感じた。考え事に耽《ふけ》りながら、星名は外に目をやる。あるのは何処までも広がるジャングルだ。

『そろそろ目標地点につく。総員、気を引き締めて行けよ』

「はいよー」

「了解したわ」

「ん！」

それぞれ適当な返事をしながらも、それぞれ武器を掴《つか》む。暫《しば》くして車が止まると、戦闘準備が進んでいった。

大規模な戦争の一つが始まろうとしていた。

２

ジャングルの中、異世界への門を囲むようにして部隊が展開されていく。

作戦に参加しているのは第六〇八大隊だけではない。よって担当区域が振り分けられていた。【ワールドクラス】の星名の担当は全体だが、リリカとガヴィは一緒《いっしょ》の区域らしい。特に命令も出ていないので星名もとりあえずは彼女達と同じ場所に待機しておくことに決める。同じように別の場所ではその担当区域を任された特別技能戦闘員も配置されているはずだ。流石《さすが》に【ワールドクラス】はいないだろうが。

「いや、マジで大規模だな」

「そうね。こんなにも大規模ってことは相手が相当強いのかしら？」

厳重に厳重を重ねた包囲網だ。まるで巨人《きょじん》の軍隊でも攻《せ》めて来るかのような。様々な戦場を渡《わた》っている星名でさえそう思うほどの規模だった。だというのに特別技能戦闘員の数はそう多くはない。むしろ少ない。規模に釣《つ》り合っていないちぐはぐさがあった。

違和感を覚えた星名が動くより前に、

「ん、リリちゃん、ホシちゃん、来るよ」

ゴーグルで目線を隠した少女がポツリと言葉を落とす。同時に激しい銃撃音《じゅうげきおん》が鳴りだした。

戦闘開始だ。戦車からミサイルが放たれる轟音《ごうおん》、爆弾《ばくだん》の衝撃波《しょうげきは》、銃弾《じゅうだん》の音が一斉に森を騒《さわ》がしくする。

「……とりあえずは情報通り、か。異世界側からの侵略《しんりゃく》はあるみたいだな」

「そもそも何が来てるの？　何が、というか誰が？　っていった方が良いのかもしれないけども」

「ん、いつもみたいな魔法《まほう》が見える。スタンダードな魔法使いかな。そこまで洗練された軍隊じゃない。一般兵みたいなそんな感じ。炎《ほのお》、水、氷、可視化された風、あんまり脅威《きょうい》という印象は受けないけれど、とガヴィは認識《にんしき》する」

「防御《ぼうぎょ》が特別強固な訳ではない、かといって攻撃に特化してるともいえないな。当たり前、通常過ぎる。何がそんなに脅威になる？」

　普通《ふつう》といえば普通。いつも通りの戦場。

　こちらに被害《ひがい》はゼロというわけでもないが、壊滅的《かいめつてき》でもない。特別技能戦闘員、ガヴィのようなタイプが一人いれば事足りるレベルだ。間違っても星名は必要ない。むしろ彼の火力ではやりすぎる。リリカですら過剰だ。特別技能戦闘員の数が少ないのはこういう理由なのだろうか？

　灰色の目を冷たく細めた星名と同じように疑問に思ったのかリリカが硬《かた》い声を上げた。

「ねえ、やっぱりおかしくない？　こんなに戦力いる？」

「だよな。そこんとこどうなんだよ、指揮官様」

『こちらでも今確認《かくにん》している。報告では未知の脅威だとあったんだ。あまりにも強力だからここまで大規模な作戦を立てていたのに』

二十歳《はたち》の若き指揮官様も困惑《こんわく》していた。上官たる彼女にも知らされていない何かがある。異世界側の問題なのか、それとも地球側か。焦《じ》れた星名が動こうとした瞬間《しゅんかん》。

空を見上げていたガヴィが囁《ささや》いた。大きな影《かげ》が頭上を通過する。

「何か来るよ」

その言葉を合図とするかのように空から爆弾が降ってきた。

「おっと」

「バッカじゃないの⁉」

くるりと手首を回した星名からエネルギーの塊《かたまり》が飛ぶ。手早く弓矢を構えたガヴィから矢が放たれた。二つの能力は空に放たれた途端、無数に枝分かれする。それらは爆弾を的確に撃《う》ち落としていった。空中で爆発《ばくはつ》し、威力《いりょく》を消されたものの、衝撃波が頭上の木々を大きく揺らす。

爆散し、吹《ふ》き飛んできた破片《はへん》に対しては森のあちこちから飛んできた攻撃が無力化していった。

「ガヴィ」

「ん。見えた」

「な、なにが？」

「今の爆弾、地球側のやつだぞ。異世界の攻撃じゃない」

「んえ？」

警戒《けいかい》もしくは威嚇射撃《いかくしゃげき》しかしないはずの爆撃機《ばくげきき》が後方支援をしている星名達の真上に爆弾を落としてきたのだ。

銃撃《じゅうげき》の音が変わる。悲鳴が増えた。無線機からも仲間の悲鳴が途切れ途切れに伝わってくる。同士討《どうしう》ちを始めたらしい。明らかな異常事態だ。

『聞こえているな！　お前達はまだ戦っていないから問題ないとは思うが最前線で戦っている兵士達の精神状態が可笑《おか》しい！　いきなり背後の仲間に向けて発砲《はっぽう》しだした！』

「それって異世界の魔法ってこと？　魅了魔法《みりょうまほう》とかあるんだったわよね、確か」

『それも違う。恐らく、と言う言葉がつくがな』異世界の方も自分達の味方に向かって攻撃し始めている。異世界側の攻撃であるならば仲間に攻撃する理由がないでしょう。未知の攻撃と仮定しているわ』

「ん、場所か特定の行動で効果が表れる能力？」

『すべてが不明だ。情報解析《かいせき》部門に解析させているが不必要に近づくなよ。お前達が汚染《おせん》されないという保証はない』

「了解」

いたるところで悲鳴があがっていた。無線を切った星名にリリカが問う。

「どうするのよ？　動く？」

「あー……どうするかなあ。動いてもいいけど、特別技能戦闘員《せんとういん》が同士討ちしだしたら大変だ……？」

ぼやいた直後、ドオン！　と一際派手な爆発が起こった。規模が違う爆発だ。何かしらに引火したのかその後も何度か爆発音が響く。

しょっぱい顔になった星名は首元に手をやって、

「誰かやられたな」

「ん、撃たれた」

とんだ迎撃作戦だ。彼《かれ》らはどうやら何者かに嵌《は》められたらしい。

「まとめて飲み込むか？　敵っつうか人間さえいなくなれば同士討ちも何もないからな」

「その為に敵味方関係なく虐殺《ぎゃくさつ》するの？　あんまりよろしくない手段よ。あとで怒《おこ》られるわ、確実に」

「ん、じゃあ捕《つか》まえる？　とりあえず腕《うで》とか足とか打ち抜《ぬ》けば生け捕《ど》りは可能だとガヴィは思う」

彼らに飛んでくる爆弾やら氷の矢やらを撃ち落としながらの会話であった。

本当に無差別だ。誰《だれ》が敵で誰が味方かもわかっていない状態なのだろう。基地に控《ひか》えている指揮官は無事、しかし異世界、地球ともに影響が出ているので仕掛けがあることは間違いない。地球側に来たことで発動する、という線もなくはないが。

「精神状態を確認するなら生け捕りが最優先だ。でも今近づきすぎるとどうなるかわからないぞ。そもそもアナスタシアから止められているし」

それでも三人の顔色は特に変わらなかった。異常事態は発生しているがこれぐらいならば予定調和だ。伊達《だて》に死線をくぐっていない。

だからこそ、少し油断していたのかもしれない。


コン、と軽い音を立てて彼らの前に黒い塊が着地した。一番初めに反応したのはやはり星名だ。

「まずい！」

カッッ!!!　と眩《まぶ》しい光が覆《おお》い尽《つ》くす。目を開けていられないほどの強烈《きょうれつ》な光だった。流石の星名も反射的に目を閉じる。

絶叫《ぜっきょう》が響いた。

「あ、あぁぁぁぁあああぁあああぁぁぁぁぁあああぁぁッッッ!!!」

ゴーグルをした目元を押《お》さえてのたうち回っているガヴィ。非殺傷のスタングレネードだ。目眩《めくらま》しに特化させた、ただただ眩しい、強烈なまでの光と衝撃波。衝撃波自体は星名が吸収したので何の問題もなかった。

閃光《せんこう》に関しても一箇所《かしょ》に集めてレーザーにでもすれば目を潰すだろうが反射での動作、とっさに目を閉じるだけで回避《かいひ》可能な攻撃だった。せいぜい残像が残る程度である。

だが、ガヴィのような狙撃に特化した特別技能戦闘員にはこれ以上ないほどの威力を発揮してしまう。特に彼女《かのじょ》は精密射撃《しゃげき》の為《ため》にゴーグルを着けている。ダメージでいえば星名達《たち》の比ではないだろう。

「チッ!!」

激しく舌打ちをする星名の前に木々の隙間《すきま》から顔を見せた兵士の銃口《じゅうこう》が此方《こちら》を向いた。引き金に指が掛かる前にノーモーションで発動させた【星の歌】で頭を揺《ゆ》さぶる。三半規管を揺らされて昏倒《こんとう》した兵士を蹴《け》っ飛ばし、銃《じゅう》をへし折って使えなくしておく。銃口を向けてきた相手だ。本来ならば殺すところだが正常な状態ではなさそうなので生け捕りにしておくことに決めた。一応味方だ、殺すのは後でも出来る。

「他の奴《やつ》らを回収しに行かないと。この状態ならまずいぞ」

「アタシも行こうか？」

「要《い》らん、ガヴィについてやれ」

「え、どうして？　アタシも行った方がいいじゃない。人手がいるでしょう」

「ガヴィの嬢《じょう》ちゃんを無防備なまま放り出せってか？　この状態で放置はやべぇだろ」

未《いま》だに絶叫が止まっていない。随伴《ずいはん》していた一般兵達が抑《おさ》え込《こ》んでいるほど暴れているのだ。即座《そくざ》に撤退、速《すみ》やかな治療《ちりょう》に入るべきである。

此処《ここ》は既に戦場になっている。特別技能戦闘員がやられている以上、一般兵では不安が残った。万が一彼らが洗脳された際にガヴィは無抵抗《むていこう》のまま殺されてしまう。その点、リリカであれば強靭《きょうじん》だ。彼女であれば安心して任せられる。

「そりゃあ、まぁ、そうなんだけど」

「不安なら嬢ちゃんを送った後に来れば良い」

「アンタを追っかけろって？　絶対無理よ、立ち止まってるなら兎も角、移動されるとわからなくなる。闇雲《やみくも》に追いかけてジャングルで迷子になりましたなんて笑えない事態は嫌よ」

「だからといって此処にガヴィは置いていけないだろ」

「それは、」

行く、行かないの問答をしている二人の耳に重たい駆動音《くどうおん》が届いた。リリカがばっと振り返る。

戦車の砲身《ほうしん》が森の奥に見えた。その砲身が向かう先は無防備に晒《さら》されている星名の背中だ。警告をするより前にドムッッッッ!!　と砲弾《ほうだん》が飛んでくる。

木々を薙《な》ぎ倒《たお》す衝撃波を伴《ともな》って飛んできたソレを見もせずに星名は片手で受け止めた。細い指先が難なく砲弾の先を軽く摘《つま》んでいる。

手首を返す仕草だけで砲弾を返すと戦車ごと破壊した。爆発音を聞いてからやっと我に返ったように目を瞬《しばたた》かせる。

「む、しまった。無意識だったたな」

仲間だったのだが反射的に対応してしまった。後方にいる星名達にまで攻撃が及《およ》んでいるところを見ると本格的に大混乱の状態になっているようだ。

「そんな訳だ。取り敢《あ》えず特別技能戦闘員を優先に無力化にあたるが構わないな？」

『良いわけあるか！　貴様が戦闘不能になった場合の損害を考えろ！』

「特別技能戦闘員を優先的に潰している辺り、洗脳の件は大丈夫《だいじょうぶ》そうだが？」

無線に話しかけると怒鳴《どな》り声が返される。普段《ふだん》なら率先《そっせん》して戦場に送《おく》り込む上官サマがこれだけ引き止めるとなると結構な修羅場《しゅらば》らしい。

『基地内でも何名か確認されているの。無力化させてはいるけれどどういった理由で撃ち合いを始めたのか全くわかっていない状況《じょうきょう》なのよ。そんなあやふやな状態なのに頭の硬いご老人方が最大戦力を向かわせると思う？　始末書を書かされるのは私なんだが！』

「どうせ部隊に損耗《そんもう》が出ている時点で始末書確定だろ。一枚二枚増えたところで変わらないって」

特別技能戦闘員の立ち位置は特殊《とくしゅ》だが取り敢えず軍に世話になっている現状だと指揮権はアナスタシアにある。彼女からストップがかかっている状態で星名が動くと軍法違反《いはん》になるはずだ。

だからといって止まる気は微塵《みじん》もないのだが。でも出来れば命令を受けて行動しました、という建前が欲しい。

「あーなーすーたーしーあー」

『あーもー!!　無傷で帰ってきなさい、殲滅までは求めん！　ただし、リリカは戻《もど》ってくるように！　ダブルで行くことは許可しない！』

駄々《だだ》をこねると割とあっさり許可が出る。なんだかんだ言って彼女も放置できない優しさが垣間見《かいまみ》えた。

望みの命令という建前を手に入れた星名は満足げに笑って、

「良し良し。そんな訳だ。頼《たの》んだぞー」

「はぁい。ちゃんと帰ってきてよ」

「誰に言ってる。これでも【ワールドクラス】だぜ」

リリカは不満げだが、アナスタシアの命令には逆らえない。それに彼女もガヴィが心配なのだろう、拘泥《こうでい》せずに引き下がる。

ひらひら手を振って彼女達と別れた星名は森の奥へと踏《ふ》み込んでいった。

3

「アナスタシア、特別技能戦闘員の配置されている場所と名前、能力の情報提示を要請《ようせい》する」

『ふざけてんのか、出来るわけがないでしょう。このやりとりだって記録に残るのよ。私の管轄《かんかつ》でもない特別技能戦闘員の情報を公式に残してどうするの』

「ってことは把握自体はしているのか。参加してる部隊と個別識別コードだけなら良いだろ」

星名にも情報を見る権限はあるのだが誰がどの部隊にいるか、どういった作戦に参加しているかまでは流石に知らない。彼が閲覧《えつらん》できる範囲《はんい》はあくまでも誰がどういう能力を持っているのか、という生徒名簿《めいぼ》のようなものだけだ。

『主要なのは我《わ》が第六〇八大隊と、第七〇大隊、第七〇二大隊あたりかな』

「第七かぁ。ジャングルにはもってこいの部隊だったよな、確か」

『そうね。わたし達は世界中を回って動くことを想定されている部隊だから、主要といっても手伝いのようなものなのだけれど。比較的《ひかくてき》特別技能戦闘員が多く所属しているから駆り出されている、というのは理解しているな？』

地球側は異世界に比べて戦力が負けている。よって一点集中で防衛する部隊とそれを補助できるような八方美人の部隊とに分けられていた。

星名が所属する第六〇八大隊は八方美人の方だ。異世界に侵入《しんにゅう》して機密情報を取ってくる作戦から今回のような異世界侵略に対する防衛までを幅広《はばひろ》く任される。

良い言い方をすればどのような戦場でも活躍《かつやく》できるマルチタイプ。

悪い言い方をすれば突出《とっしゅつ》したところがない何でも屋。

だから所属する特別技能戦闘員もマルチタイプなことが多く、こういった作戦に参加することも多々あるのだ。

「配置されているのも森林特化型か隠密系《おんみつ》、もしくは狙撃専門の特別技能戦闘員だろ？」

『あぁ。こちらからは【アルテミス】。第七からは【フォレスト・イーター】、【木霊《こだま》】、【潜《ひそ》む者】……参加しているのはこのぐらいかしら』

「尖ってんなぁ。狙撃専門とか【アルテミス】だけじゃねえか。あいつらは距離を詰《つ》められると負けだから、ばらけて待機しているだろうし、捜索《そうさく》するの大変そう」

『部隊と共に移動しているはずだから見つけるのはそう難しくないはずよ。スポッターというか一般兵士と協力するのが前提の特別技能戦闘員だからね』

「というか全部【アドバンスクラス】だけど、他のクラスは？」

『生憎《あいにく》、今回の作戦には不参加だな。【カントリークラス】は此方の【籠城喰い】だけだ』

「真面目《まじめ》に戦争する気あんのか」

事前にわかっていた襲撃ならばもう少し準備すべきだと思う。

最大戦力がリリカと星名だけってどうなってんだ。【アドバンスクラス】だけで対応可能だと思っているのであれば甘《あま》いとしか言いようがなかった。戦闘《せんとう》専門の特別技能戦闘員をもう一人ぐらい入れるべきだろう。特別技能戦闘員は誰も彼もが同じ能力を持っている訳ではない。むしろバラバラだ。バランス良く整えて戦場に出さないと逆に能力同士でぶつかり合って大惨事《だいさんじ》を引き起こしてしまう。

星名みたいな過剰戦力を突《つ》っ込む前にそこら辺を整えていただきたかった。

『森林という特殊な状況下に最適な部隊を二つも揃《そろ》えたのだから問題ない、という判断だったんでしょう。私達は所謂《いわゆる》保険ね。不測の事態が起きたら任せる、といったような』

「矛盾《むじゅん》してんなぁ。大規模に戦力投下しておいて特別技能戦闘員は渋《しぶ》る、しかも能力はバラバラで戦闘向きともあんまり言えない。戦車まで持ち出しておいてのこの状況。ちぐはぐ過ぎるだろ。しかも今ガッツリ不測の事態が起きちゃってると来た」

森の中では断続的に銃声《じゅうせい》やら爆発音やらが響いていた。だが不思議と罵声《ばせい》や怒声《どせい》といった声は聞こえない。

不自然なまでの静寂《せいじゃく》。【味方同士】で撃ち合っているはずなのに上官に逆らう声も、悲鳴すらも聞こえなかった。

（……殺し合う時にはそれなりに叫《さけ》んだりするものなんだがな）

森を駆け抜ける銀の獣《けもの》に寄り添《そ》うように力強く羽ばたく音がした。キュインと星名にしか聞こえない独特な音が響く。バレないように星名が無線を手早く切った。そのままぴたりと足を止める。肩《かた》に梟《ふくろう》が降り立った。

『聞こえているだろうか？』

淡々《たんたん》とした感情のない声が響く。

雪のように白い梟からだ。色違《いろちが》いの瞳《ひとみ》が宝石のように煌《きら》めいている。声の主には覚えがあった。

異世界の住人だ。

同時に星名の友人でもある。ヴィンセント。情勢に囚《とら》われず好き勝手に国を渡ることを許された人形師。

「聞こえてる。つーか今仕事の最中なんだが」

『有益な情報だ。君に必要かと思うが？』

「そういって毎晩毎晩夜中に連絡《れんらく》してくるのを一般的《いっぱんてき》にゃ迷惑《めいわく》電話っつーんだよ。この前のこと忘れてねーぞ」

ヤンデレな彼女かと言いたくなるぐらいのしつこさなのだ。嫌《いや》にもなる。しかも内容がくっそくだらない事なので尚更《なおさら》。くだらないというか雑談の範囲というか。

確かに有益ではある。生きた人形を作り出せるほどの技術者だ。話しているだけでも十二分に知識を得られる。得られるのだけれどもいかんせん時間が悪い。夜中に毎日電話されてもこっちは夜明けと共に出撃《しゅつげき》、とかザラなのだ。

寝《ね》ぼけ眼《まなこ》を擦《こす》って戦場にゴー！　とか笑えないので切実にやめて欲しい。眠気《ねむけ》がひどす

ぎて能力の調整をミスするとあたり一帯が全部なくなる。

山があろうが、何があろうが、見渡《みわた》す限りの地平線を作り出しちまうと星名が怒られるのである。

「で、何の用だよ。ふざけた内容だったらマジで切るぞ」

『今現在、異世界側でおかしなことが起きている。同士討ちを始めているんだ。話も通じない。君のところの能力者にいないか。心当たり、もしくは予測でも構わない』

「ああん?」

どうやら地球側だけの話ではないらしい。向こうでの話となると戦場でどんぱちやっていない場所のはずだ。

友人たる人形師、ヴィンセントは戦闘員ではなく、国家に属する訳でもない。

これで地球側にきたことで発動する何かの能力、という線は消えた。地球、異世界関係なく発動する能力である。

頭が痛くなってきた星名は軽く息を吐《つ》いて、

「ピンポイントで俺《おれ》に聞くってことは何かしらの確証があるんだろう。勿体《もったい》ぶってないで話せ。でないと切る」

『同士討ちを誘《さそ》うような魔法は存在しない。と、なると何かしらの特殊な力だ。そちらにいる者で聞けるのは君しか思《おも》い浮《う》かばない。魔法には耐性《たいせい》がつく。完全無効化といった手段、魔法を解除するための魔法も存在する。魅了耐性《みりょうたいせい》もある、魔法解除も効かないはずの人間がいきなり同士討ちを始めれば違和感《いわかん》を覚えるのが普通だろう。会話も通じない上に脈絡《みゃくらく》がなさすぎる』

相変わらず淡々とした話し方だった。

マイペースというか割と自分本位で動く星名が振《ふ》り回されている。かといって別に話を聞いていないかといえばそうでもない。会話をしていないようでちゃんとしているのだ。ただ言葉の選び方が微妙に悪いだけで。

「心当たりっつーか今まさにこっちも同じ状況だ。魔法じゃないなら俺達みたいな能力だろうが地球側にも影響《えいきょう》が出ている。能力については何とも言えない。可能か不可能かでいえば可能ってことぐらいかな。魔法を凌駕《りょうが》するなんて、こっちとしては朗報だけど」

『なるほど。可能性としては地球側の能力者という線が濃厚《のうこう》だが、する理由がないと』

「そゆこと。こっちを潰《つぶ》しても旨味《うまみ》なんてない。ただまぁ、こっちでも探《さぐ》っておくよ」

『了解《りょうかい》した。こちらも引き続き何かないか探しておこう』

「頼んだ」

音が途切れる。白梟が一声鳴いて、羽を広げた。肩を力強く蹴っ飛ばすと空に舞《ま》い上がる。くるくると頭上で何度か回って飛び立っていった梟を見送ると星名は再び走り出した。

まず星名が向かったのは異世界への門だ。何が起こっているのかを把握《はあく》してからでないと味方の回収なんて出来ない。

門の前は血だまりと死体の山だった。しかし死体の種類は二つにくっきりとわかれている。所属的な意味ではなく、物理的な意味で、だ。

まるで互《たが》いのことなど見えていないような、見えない線で分断されているかのようなわかれ方だった。

その死体の顔を見た星名は思わず吐き捨てる。

「気色悪ッ！」

異世界側の死体は恍惚《こうこつ》とした笑《え》み、地球側は恐怖《きょうふ》に固まった表情で、それぞれ死体が転がっていた。気色悪いとしか言いようがない顔で死んでいる。誰か一人が暴走して、とかならばまだ理解できた。だが全員が全員というのは異様だ。同じ表情で、互いに殺しあったのだろう。

（確かにこれはこっち側の技術だな。【科学魔術《まじゅつ》】でないと説明がつかない）

異世界の【魔法】は確かに便利で強力だが、ここまでの人数を一気に仕掛《しか》けることはできない。自分の世界の人間を巻き込むのもおかしな話だろう。その点でいえば地球側としても、味方を巻き込んでいることに疑問が生じるが。

裏で糸を引いている第三者がいる。

どちらの陣営《じんえい》か、そしてどちらの利益になるのかは不明な存在が。

4

一方で。

基地に詰めている指揮官、アナスタシア・ローレライは厳しい顔つきでモニターを睨《にら》みつけていた。

「状況は⁉」

「前線に出ていた第七〇大隊、第七〇二大隊共に壊滅《かいめつ》状態！　第六も一般兵の損耗が激しい状態です！　特別技能戦闘員、【アルテミス】は戦闘不能！　【籠城喰《ろうじょうぐ》い】も軽微《けいび》ですが損耗したようです！」

「【カントリークラス】だぞ⁉　何にやられてだ！」

「味方を庇《かば》っての損傷です！」

「お人好《ひとよ》しめ！」

状況は混乱の一言に尽きた。

前衛を務めていた部隊は壊滅、周りに散らばる彼女の部下達も巻き込まれているのだ。

本来ならば後衛で待機し、報酬《ほうしゅう》は少ないが危険もない、安全な形での防衛任務となるはずだったのに。

「第七〇大隊、並びに第七〇二大隊の指揮官と連絡は？」

「無理です。突然《とつぜん》、無言で銃を構えて味方に対して発砲した模様」

いきなり指揮官が異常行動に走ったらしい。発砲されても上官、それも指揮官クラスとなれば迂闊《うかつ》に反撃《はんげき》もできなかったようだ。その指揮官が倒れたことにより下の指揮系統もぐちゃぐちゃになってしまったのだろう。

アナスタシアは指先に挟《はさ》んだペンをくるくると回しながら質問する。

「チッ。確保することは出来たのよね？」

「はい。あまりにも異常ですので確保には至りましたが、」

「マトモな会話は不可能、か……。報告にあった兵士の同士討ちと同じ状態だな」

前線に出張っていた兵士達から銃を向けられていると報告された際には耳を疑った。しかも異世界側、敵も同士討ちだ。もう何がどうなっているのやら、なのである。

戦場での話なら敵の魔法やら何やらを疑ったりするのだが安全なはずの後衛、基地にまでその影響が及んでいるとなれば異世界だけを疑う訳にもいかなくなった。

「【銀の惑星《わくせい》】が単独で駆《か》け回っているが大丈夫なんだろうな……」

「特別技能戦闘員、それも【ワールドクラス】となれば多少の事では問題ないでしょう。ですが、単独行動させて宜《よろ》しかったのですか？」

パソコンから戦況《せんきょう》を把握する補助オペレーターの少女がことりと首を傾《かし》げて問いかけてきた。

それに対して指揮官様は若草色の瞳を半眼にしながら低く言う。

「今まさに上から吊《つる》し上げにかけられている私に対する嫌《いや》みか？」

「いえ、そういう訳では……」

「危険な最前線には簡単に突入《とつにゅう》させる癖《くせ》にな。こういった場面だとすぐに撤退《てったい》させようとする。お偉《えら》い方の考えはよくわからん」

「私見ですが彼ほどの力の持ち主が暴走した場合、甚大《じんだい》な被害が発生すると考えられます。世界規模の能力者です。それを危惧《きぐ》しているのだと思いますが」

「だとすると阿呆《あほう》だな」

どちらに対しての言葉かを明言せずに彼女は瞳を伏《ふ》せる。オペレーターの少女もまた口をつぐんだ。次々に飛び込んでくる報告を捌《さば》きながらアナスタシアは呟《つぶや》いた。

「今回は一体、何が起こっているんだ?」

5

「よっと」

静まり返ったジャングルの中で星名はクレーターの真ん中に足をつけた。血だまりの中から木の精霊《せいれい》を模したリーフの飾《かざ》りを拾い上げる。

血だまりの中に沈《しず》んでいたそれはまだ乾《かわ》いておらず、ぬるりと粘性《ねんせい》の液体を滴《したた》らせていた。

「殺しあってんなあ。【木霊】、【潜む者】はアウトか。どっちもスポッターを必要とする奴らだったし、しょうがないかもしれんが」

【木霊】は反響音《はんきょうおん》を利用した能力を持つ特別技能戦闘員だ。星名の【星の歌】とはまた別の、音の専門家で反響音のみという方向に特化した能力者で森林、木々が多く存在する場所でないと真価を発揮できない上に攻撃《こうげき》手段を持たない。反響音で的確に相手の場所を特定し、それによって砲撃支援《ほうげきしえん》を行ったり取り残された味方の周りの敵を排除《はいじょ》させたりする。完全なる支援、補助型の能力者だ。

逆に【潜む者】は暗殺向き。敵の上官の殺害や状況をかく乱させるときに重宝されるタイプ。開けた場所では絶対に使えない代わりに障害物の多い場所であれば誰にも認識されない能力を持つことが売りの能力者だった。

クレーターにたどり着く前に拾った特殊な文様が彫《ほ》り込まれたナイフを指先でもてあぶ。リーフの飾りは【木霊】のもの、特殊なナイフは【潜む者】の持ち物だ。自分の能力の要《かなめ》でもあるそれらが落ちていることは彼らの死亡を物語る。

実際、クレーターの下には致《ち》死量《しりょう》に至る血だまりが、ジャングルの中には【潜む者】の死体が肉片《にくへん》として落ちていた。

「残るは【フォレスト・イーター】か」

【フォレスト・イーター】は防御、攻撃ともに能力の高い能力者だ。その名の通り、木を武器として扱《あつか》う。

ただ木を使うのではない。紙の武器を操《あやつ》る特殊性《とくしゅせい》が有名だ。防御なら何枚も重ね合わせた即席《そくせき》の盾《たて》を、攻撃なら鋭利《えいり》に尖《とが》らせた槍《やり》を作ったり、紙吹雪《かみふぶき》を使ってその鋭《するど》さで相手を切り裂《さ》いたりする。

木々を消費して自分の武器に変えるので【フォレスト・イーター】と呼ばれていた。

二名の特別技能戦闘員を失っているのでできれば生きていてほしい。味方の兵士達も生きていれば保護するつもりであるが、生存は絶望的だった。特殊な能力を持っている特別技能戦闘員が二名も死んでいる、ということは敵の能力が彼らより上なのだ。負けている以上、彼らより普通の括《くく》りに入る一般《いっぱん》兵だと全員飲《の》み込まれて殺しあっていると考えるべきである。彼らが殺し合いに巻き込まれて死んだのか、不意を突かれて正気のまま死んだのかによって耐久《たいきゅう》度は多少変わってくるだろうが一般兵士は基本的に脆《もろ》い。

(何処《どこ》にいるかな)

戦場であるので迷子になったからその場から動かない、という可能性はないだろう。逃《に》げるにせよ、戦うにせよ、自分の有利な場所に動くはずだ。

「無事なら無線応答してくれないかなあ」

破壊《はかい》されて使い物になっていない限り、連絡は取るはずだ。破壊されていても他の兵士から奪《うば》えばいい。銃弾で殺しあっている彼らは肉体も装備も粉々、という訳ではないので使おうと思えば拾えるのだ。

そこに考えが至らないほどパニックになっているか、狂気《きょうき》に侵《おか》されて何処《どこ》かでさ迷っているのか。梟に上空から観察してもらったが、人影《ひとかげ》はなかった。そもそも深い上にとんでもなく広大なジャングルであるので鬱蒼《うっそう》と生い茂《しげ》った中から人を見つけるのは難しいだろうと予測していた。

ジャングルの外に出ている可能性は限りなく低い。

「ああいう手持ちの材料が決まっている奴ならジャングルから出ないだろうしなあ」

とりあえずの安全が確保できるとなれば後方の基地に撤退できる。そうであれば探す手間がなくなるのでありがたいのだが。

特別技能戦闘員の生存を確認しないと彼も戻れないので適当にジャングルを探すか、と左右に視線を走らせた途端《とたん》。


つう、と星名の頬《ほお》に血が伝った。


「おっと」

驚《おどろ》いた様子もなく、少年は軽く腕を振るった。日の前の森林がごっそりと抉《えぐ》られる。直《ちょく》撃《げき》の瞬間、左側に回避した影を狙《ねら》って更《さら》に衝撃波を叩《たた》きつける。

跡形《あとかた》もなく消し去ってしまうと大変なことになるので加減をしつつ、見晴らしを良くしていく。時間も大して使うことなく、ほどなくして辺りは更地《さらち》へと変わった。

隠《かく》れてもわかるように辺りをすっきりさせた星名は朗《ほが》らかに笑う。

「やあ、初めまして。【フォレスト・イーター】。お前と会うのは初めてかな。【銀の惑星】

だ。よろしく」

「敵性行為《こうい》確認《かくにん》。排除に移ります」

機械的な話し方をする少女だった。

歳《とし》は十六かそこら辺だろう。黒檀《こくたん》の髪《かみ》を重く切り揃え、整った顔立ちにはまる目はチョコレート色をしている。動きやすいような服装で全体的に緑色だった。

その手には真っ白な扇《おうぎ》が握《にぎ》られている。見る限り材質は紙だ。広げられた扇には細かな切り絵が見える。

「(あれ、会話が通じねえな。本来の気質か、はたまた思考が汚染されているからか。ふむ、まあ生きてるし、捕まえたらどうにかなるか)」

ぐ、と手足を伸《の》ばした星名は獣のように四肢《しし》を地面についた。その身体《からだ》から黄金の光が弾《はじ》ける。

「ゆらゆらと。舞えよ、風。木々を揺らせ」

何かの歌でも口ずさむように、【フォレスト・イーター】が言葉を紡《つむ》ぐ。言葉の通り風が音を鳴らした。無数の木の葉が意思を持ったように大きく動く。自然の摂理《せつり》を無視して、少女を守るように。

「花吹雪《はなふぶき》」

轟々《ごうごう》と紙吹雪に変わった鋭利な刃《やいば》が一斉《いっせい》に星名に向かって飛んできた。

「（なかなか良い速度だが、遅《おそ》い）」

光に手足を後押《あとお》しさせる彼に、追い付けるものはいない。バチバチとその身体から光が立ち上った。

木々を木の葉に変えようが駆け抜けた彼に触れる前に焼け焦《こ》げて終わる。

残像だけを残して瞬き一つで【フォレスト・イーター】の目の前に現れた彼はその細首に手をかけると声を出した。

「せーのっとぉ!!!」

そのまま勢いよく地面に叩きつける。轟音《ごうおん》と共に地面が凹《くぼ》んだ。ゲホ、と息を吐き出して【フォレスト・イーター】が気絶する。きちんと手加減したので大怪我《おおけが》はしていないだろう。打ちつけた身体が暫《しばら》く痛むかもしれないがその程度なら大丈夫、大丈夫。別に脊椎《せきつい》損傷させるほどの威力は出していないのだし。

一人で完結させてうんうん頷《うなず》いた星名はぐったりした身体をひょいと脇《わき》に抱《かか》え込んだ。

「アナスタシア、【フォレスト・イーター】確保。【木霊】【潜む者】は両名の死亡を確認。死因は不明だ。肉片になってるから回収も無理」

『特別技能戦闘員だぞ⁉　何があった⁉』

「んなこと言われても俺達だって普通《ふつう》に死ぬさ。不死身のゾンビ軍団とかじゃねーんだぞー。まぁちょっと耐久度が高いのは否定しないけど、……?」

ぴくりと顔を上げた星名の視界に黒いものが降ってきた。

「(またスタングレネードか?　芸がねえな)」

ココン、と地面に複数の黒い塊《かたまり》が落ちる。光と共に爆発《ばくはつ》したそれらは凄《すさ》まじい衝撃波《しょうげきは》と破片《はへん》を撒《ま》き散らしてきた。

土煙《つちけむり》がもくもくと舞い上がる。数秒してその煙が内側から膨《ふく》れ上がって散らされた。クレーターの真ん中に銀色の獣が立っている。

色素の薄《うす》い、灰色の瞳が怒《いか》りにぎらついていた。

ぼたぼたと地面に赤黒い液体が落ちていく。

『星名?　何があった?　爆発音が確認《かくにん》できたが、どうなっている!?』

「スタングレネードかと思ったよなぁ」

騒《さわ》がしい無線を無視して。

ぽつりと少年は言葉を落とした。

「明らかにこれ、作為的《さくいてき》っつーか、誰かが見張ってて、俺達を攻撃してるよなぁ?」

ざわざわと殺気が充満《じゅうまん》していく。重苦しいまでの圧が空気を押し潰していく。

星名のその片腕《かたうで》がズタズタに裂けていた。肉が抉られ、骨まで覗《のぞ》いている。真っ白な服が赤く染まっていた。

血が流れるままになっているのに手当てすらしないで彼は周りを睥睨《へいげい》していた。

爆発はスタングレネードではなかった。

破片で殺すことを目的とした殺傷兵器だ。とっさの判断で【フォレスト・イーター】を庇った為、軽傷とはいえない怪我《けが》を負ったのだ。

世界最強の【ワールドクラス】が不意打ちとはいえ怪我をした。その時点で敵への警戒《けいかい》は撥《は》ね上げるべきである。

「何処のどいつだ、喧嘩《けんか》を売りにきやがったのは」

唸《うな》るような言葉は誰にも聞かれることなく風に溶《と》けた。

6

「状況説明」

戻ってくるなりそう要求した少年に眉《まゆ》を顰《ひそ》めたアナスタシアは咎《とが》めなかった。

少年の怪我が酷《ひど》かったのもあるし、その表情から今は彼に従わないといけないと思わせるものがあったから。

下手なことを言うと腹いせに基地を壊滅させかねない。

冷静にそう判断を下したアナスタシアは要求に応《こた》えることにした。

「今回の作戦で第七の部隊は両方とも壊滅、此方も一般兵士の消耗《しょうもう》が激しい。あまり良い言い方ではないが人材を補充《ほじゅう》しないとまともに機能しないでしょうね。【アルテミス】は視界に機能障害が発生する大怪我、【籠城喰《ろうじょうぐ》い】も味方を庇って軽微だが損傷した」

アナスタシアが説明している間、呼び出された医療班《いりょうはん》の少女が泣きそうな顔で星名の腕《うで》を治療していた。

ぼたぼた流れる血は止まることを知らないが少年の顔色は一切《いっさい》変わらない。強《し》いて言うなら血が流れすぎて血の気が引いて真っ白になっていることぐらいだろうか。

骨まで覗く怪我を麻酔《ますい》も無しに治療されているのに彼《かれ》は何処までも淡々と普通に会話をしていた。

「上層部の見解は？」

「地球側から何らかの裏切り者が出た、という見立てね。異世界にも影響が出ているという判断と報告にあったようにお前達を狙った爆弾《ばくだん》は地球産だ。異世界の人間には扱えないでしょう。いきなり味方を攻撃する行動を取った。洗脳以外にはあり得ない。魔法《まほう》で魅了《みりょう》する、という方法もあるにはあるが魅了状態に当てはまる項目《こうもく》が少ない」

「地球側の能力を応用させている可能性は？」

「あるにはあるが、裏切り者だと考える方が話が合うのよ。異世界の撹乱《かくらん》ということも考えられるがそんな小細工をするまでもなく、殲滅《せんめつ》を選択《せんたく》した方が面倒《めんどう》がなくて良い。戦力差は歴然なんだ、わざわざ味方を削《けず》ってまで小細工する必要なんてないでしょう？」

「心当たり」

「今審査《しんさ》中よ。この間の大捕物《おおとりもの》でだいぶ縛《しば》り上げたからね、相当根深いか、新しく発生した大馬鹿者《ばかもの》か……」

「特別技能戦闘員《せんとういん》が関《かか》わっていることは確定だ。ただ、自分の意思なのか、無理やりなのかで話が変わるがな」

異世界の人間にまで影響を与《あた》えた同士《どうし》討ち。

強力な能力者に間違《まちが》いなく、誰《だれ》なのかは特別技能戦闘員のリストを見れば自《おの》ずと明らかになる。

まだ見ぬその戦闘員は何が目的で同士討ちをさせたのか。誰かからの指示なのか、自分の意思で行った行為《こうい》なのかによって対応が変化する。

前者なら保護、後者なら捕獲《ほかく》、もしくは処刑《しょけい》といった具合に。１８０度変わるので審査も慎重《しんちょう》になることだろう。

「何にせよ、こんな状況になったからには暫く身動きが取れないでしょうね。第七の二つの部隊も特別技能戦闘員を失っている。彼らの代わりを得るまでどうしようもないでしょう」

「【フォレスト・イーター】はどうだ？　確保する際に会話をちらっとしたが意思疎通《そつう》が出来なかったんだよな。アレが通常運転なのか、そうじゃないのかが気になる」

「それもそうね、今どうなってる？」

アナスタシアが星名の治療をしていたオドオド系女子に問うとびくぅ!!　と肩を跳ね上げさせて驚かれた。

自分に聞かれるとは思ってもみなかったのだろう。

「うへぁ!?　え、えぇっとですねぇ、個別識別コード【フォレスト・イーター】は現在昏《こん》睡《すい》状態ですぅ」

「星名、お前……」

「いや、確かに気絶させたがすぐ目覚めるレベルだぞ!?」

流石《さすが》に捕獲する時に昏睡状態にまで追い込むのはどうなんだ的なじっとり視線を上司から受けて慌《あわ》てて弁明する。

流《なが》れ弾《だま》にも程《ほど》がある。星名が扱う【星の歌】では威力《いりょく》が高すぎるし、もしも脳に何かあって能力の競合を起こしたら大変だと物理的に気絶させる方向に行ったというのに。

「あ、はい、実際肉体的には問題なしですぅ。少々背中の打身が酷いくらいでぇ、ちょっと気絶してるだけなんですがぁ」

「目覚めない？」

「そうなんですぅ。何故《なぜ》だかわからないんですけど、起きないんですよねぇ。特別技能戦闘員の方は色々と厄介《やっかい》なものを抱えてらっしゃったりするのでぇ、下手に治療行為《ちりょうこうい》もできないんです。ですから、今応援《おうえん》を呼んでるところなんですよぉ」

「お前のせいじゃないよな？」

「物理的に気絶させた。【星の歌】は使用していない。元々何かしらのトリガーがあるんじゃないのか」

「頭の中に？」

　更に質問を重ねられて星名は鬱陶《うっとう》しそうに手を振った。

「俺に言われても知らん。あくまでも仮説だ。可能性だけの話をするなら俺のせいってこともあるかもな。地面に叩きつけて気絶させたから。ただ此処《ここ》でぐだぐだ言ってても状況は解決しねえだろ。部隊が動けないのはわかったが、どうするんだ。このまま此処で待機ってのも危険はあるぞ」

「それも含《ふく》めて今協議中なの。結論が出るのはもう少し後になるでしょうね」

「うへぇ、面倒なこって」

「ええ。だからそれまで待機よ。星名、お前は【ワールドクラス】だ。別の部隊に移って任務をこなしてこい、という命令があるかもしれないという考えは持っておいて」

「了解」

短期での仕事ならひょいひょい部隊を移動している彼だ。それが少し長期になるだけの話である。請《う》け負う返事は気楽なもんだった。

腰《こし》を上げた星名にアナスタシアが首を傾げる。

「何処行くの？」

「リリカんとこ。怪我してるんだろ、見舞《みま》いに」

どちらかというと星名の方が重傷なのだが、とオドオド系女子の顔に出た。看護師さん的にはこのまま安静にしてほしいと書いてある。

だがそこは気ままを地でいく銀の獣。手当てを受けたんだから別に良いだろっつースタンスであった。

7

コンコン、と自室の扉《とびら》をノックされて着替《きが》え中だったツインテール少女、リリカは軽く返事をした。

「はぁーい？」

「入って良いか」

完っ全に油断していた。下着姿でしばし固まった彼女《かのじょ》はドアノブが動いたことにより我に返る。

「あ、ちょ、待って、待って!!」

「なんだ」

「着替え中なの!!　ちょっと待って!!」

「ん、悪い」

開けかけた扉がパタンと閉まった。

看護師さんだと思って思いっきり下着姿のまま返事をしてしまったリリカは慌ててドレスを手に取る。

ダッシュで着替えねば。過去最高速でリリカは着替えを済ませることができた。

「い、いいわよ……」
彼女は扉から顔を覗かせた。
星名が若干《じゃっかん》気まずそうな顔で立っている。
「悪いな、着替え中に」
「良いわよ、アタシも気になってたから」
自室といえど移動式の仮拠点なので質素なものだ。それでも一人部屋を与えられている
だけで破格の待遇《たいぐう》といえるのだが。
「怪我したんだって？」
黄色のドレスには変わりないが普段《ふだん》より露出《ろしゅつ》が少なめだ。腕やら足やらを怪我したので
見苦しさを避《さ》ける為《ため》にドレスを替えていた。擦り傷《きず》ともなればそこかしこにガーゼを貼《は》っ
て保護しなければならないので、いつものドレスだとガーゼが見えてしまう。それは女子
として許せないことだった。
「かすり傷よ」
「珍《めずら》しいな」
「味方から攻撃を受けるなんて思っていなかったんだもの。甘く考えていたことは否定し
ないわ。アタシの油断のせい」

「そう怒《おこ》るな、嫌みを言っている訳じゃない」

「別に怒ってないわよ。それよりアンタこそ大丈夫《だいじょうぶ》なの？　腕、相当酷そうだけど」

星名はいつも羽織っているモコモコの上着を着ていなかった。下に着ているシャツの片腕を捲《まく》った状態だ。リリカとは違《ちが》い、ほぼ肌《はだ》を晒《さら》さない星名にしては珍しく露出が高い。痩《や》せた華奢《きゃしゃ》な腕（それでもちゃんと男らしく骨張っている）には肌よりも白い包帯が巻かれていた。

「ん？　見た目が派手なだけだよ。軽く骨が見えただけさ」

「それは絶対に軽くとは言わない」

むしろ大怪我である。骨が見えるほどの怪我が軽いってなんだ。

「爆弾を至近距離《きょり》で使われたんだ。破片で殺すタイプのようでな、能力が間に合わなくて無傷で済むはずがこの様《ざま》だよ」

「それは本当に大丈夫なヤツなんでしょうね」

「腕が吹《ふ》き飛んだ訳でもないんだ、軽いだろう。再生させているしな」

どうやらこの【ワールドクラス】様とリリカの考えはだいぶ離《はな》れているらしい。

かといってリリカ達《たち》が怪我をすると普通の感覚でもって心配してくれるので自分にしか適用しないのか、【ワールドクラス】レベルであるからそう思うのかのどちらかだろう。

「ま、怪我した時点で間抜《まぬ》けだがね」

「味方を庇ったんでしょ、生きてるんだし問題ないわよ」

喉《のど》の奥《おく》で笑いを押《お》し殺す星名としばし談笑《だんしょう》していると唐突《とうとつ》に彼の端末《たんまつ》が鳴った。ポケットに突っ込《こ》んでいたようで無造作に取り出した彼は表示された相手を見てしょっぱい顔をする。嫌ではなさそうだが、微妙《びみょう》な顔だ。あまり他人に対してそういう顔をしないイメージがあったので意外だった。彼は嫌なら嫌そうな顔をはっきり見せるタイプだ。

「誰？」

「【ワールドクラス】」

ぎょっとしたリリカが止めるより前に少年は通話ボタンを押してしまう。ピ、と軽《かろ》やかな電子音と共にスピーカーにされた端末から性別不明な声が聴《き》こえてきた。中性的な声だ。男性的にも女性的にもとれる。

『【銀の惑星】。仕事です』

「【ワールドクラス】のリーダー様直々のお電話とはな。暇《ひま》なのか？」

『無駄話《むだばなし》に付き合う程度には暇を作れます。多忙《たぼう》とはいえ、それなりに休憩《きゅうけい》を取らねば疲《つか》れますので』

会話を聞いていたリリカの目が見開かれる。【ワールドクラス】のリーダーは一人だけ。

【無重力システム】。特別技能戦闘員にとっては最高司令官ともいえる存在だ。どう考えてもたかが【カントリークラス】である彼女が聞いてはいけない内容だろう。驚愕《きょうがく》の表情を浮かべるリリカに星名は悪どい笑みを浮かべて口元に立てた指先を当てた。黙《だま》っていろ、という意味だ。音も立てるなと。黙っていればいいからと彼はそう告げていた。

「仕事内容からドウゾ?」

『第七〇部隊、第七〇二部隊共に壊滅状態との報告を受けましたが事実ですか?』

「付け加えると第六〇八も機能していない。この状況《じょうきょう》で俺一人離脱《りだつ》しろってのはなかなか難しいんじゃねーのー」

『ええ、そのリスクについては此方《こちら》も把握済みです。それを踏《ふ》まえての仕事を任せます』

「回りくどいな、はっきり言え」

『【軍備島】へ移動なさい。今回の作戦に参加した第六〇八部隊を軍艦《ぐんかん》に乗船させます。あなたの仕事はその護衛任務です』

「第七は?」

『別部隊と入れ替《か》えます。あなた方と一緒《いっしょ》にしても仕方ないでしょう』

「護衛しろってことは海上戦になるかもしれないのか」

『はい。ただ陸路を通っていくより速いでしょう。第六〇八部隊はそこまで損耗《そんもう》も激しくありません。海路を使う方が得策です。ただ、そちらにも【本国都市】が近いことは理解していますので別部隊が到着《とうちゃく》するまでは第六〇八が担当してください。派手にやり合ったようですから暫くは問題ないでしょう。念《ねん》の為、防衛専門の【エタニティ・ウォール】か長期戦向きの【ワールド・ストーム】のどちらかをあなたがいる間に派遣《はけん》しておきます』

「了解。リーダー様は仕事が多くて大変そうだなぁ」

嘲《あざけ》る、とは少し違う。友人を揶揄《からか》うような、距離の近い者だから許される気安さがあった。星名の声に反応するように相手も少しだけ口調が柔《やわ》らかくなる。

『楽しそうですね、【銀の惑星】。他人事《ひとごと》だからですか？　お望みとあれば仕事を回しても構いませんよ。あなたであれば捌けるでしょうし』

「いやだね、面倒くさい。他の奴《やつ》らに回せよ、俺の管轄《かんかつ》じゃない」

『お言葉に甘《あま》えてしっかり回しますので宜しくお願いします』

「人の話聞いていたか⁉」

『では、失礼します』

再びの軽い電子音と共に電話が切れる。静かになった端末を数秒眺《なが》めながら少年が呟く。

「……冗談《じょうだん》だよな？　俺は回されてもやらないぞ、絶対。アイツクソ真面目《まじめ》だから心配なんだが。あ、リリカ、もう喋《しゃべ》ってもいい。気配まで殺さなくて良かったのに」

「アレでニコニコ聞いていられると思う？　どれだけ自分を殺せるか試《ため》してんのかと思ったわよ。というより聞いて良かったの？　結構機密事項《じこう》っぽい感じだったけど」

「機密事項ぅ？　ないない。ただの仕事内容の通達だ。聞かれたところで何の問題もないよ」

「じゃあ質問してもいい？」

「お好きに」

「何で海上戦を想定してるの？」

此処は地球だ。そして異世界からの侵略《しんりゃく》もないルートを通って【軍備島】へと移動するのなら何の問題もないはずなのに。

まるで襲撃《しゅうげき》が起こるかのように星名と【ワールドクラス】のリーダーは会話していた。

「何でって……そりゃあ、勿論《もちろん》、危ないからだよ」

「危ないって何が。異世界の門はないはずでしょう？　安全なルートを構築しているはずだけど」

「敵が異世界だけなんて誰が言ったよ？　その安全なルートを見張っておけば輸送船ばんばん来るんだぞ。犯罪者の狙《ねら》い目《め》なの」

「軍に喧嘩売る奴がいるの⁉」

「海なら沈めてしまえば偽装《ぎそう》工作は可能だからな。軍艦ならそうそう狙われないだろうっていうリーダー様からの優《やさ》しさ」

あまりにも大仰《おおぎょう》だと何かありましたと宣言しながら移動しているようなものなので、そこらへんは加減が重要だ。仮にも【ワールドクラス】を冠《かん》する莫大《ばくだい》な戦力（星名）が存在するのでパワー負けするということはないだろうが、広い海上を彼一人でカバーするには限界がある。

軍艦と共に海上戦専門の特別技能戦闘員が一人ぐらい派遣されることだろう、というのが星名の言い分だった。

「なら安心ね！」

思わず笑みが溢《こぼ》れる。何かあっても大丈夫。有事の際には自分も出れば少しでも戦力になれるだろう、と心配事がなくなって胸を撫《な》で下ろしていたリリカは気づかなかった。

なんか遠い目をして口の中だけで呟いている少年に。

「（でも多分、高確率で狙われるんだろうなぁ……）」

彼女の独白1

私は愛なんて信じない。

そんな不確かなものは錯覚《さっかく》で、紛《まが》い物。

私に愛は存在しない。

家族から渡《わた》される純粋《じゅんすい》な愛も、恋人《こいびと》から渡される情を伴《ともな》う愛も。

渡される愛も、渡す愛も、等しく私には存在しない。

だからこそ私は、私としての存在を確立することができた。あらゆる感情を愛に見立てて駆け引きを行えば全《すべ》ては簡単に上手《うま》くいった。

愛なんてそんなもの。

少し優しく言葉を囁《ささや》いて、愛を錯覚させるように指先を動かせば呆気《あっけ》ないほど皆《みな》、堕《お》ちる。

愛は美しいものだという。

美しい感情なんて有り得ない。あったとしてもそれは愛なんかでは絶対にない。

愛は綺麗《きれい》なものだという。私はそうは思わない。愛は私には絶対に手に入らないものだった。

幸せそうにこれが愛なのと笑う人がいれば、目を逸《そ》らして俯《うつむ》いた。

お日様みたいに明るいそれは、私には眩《まぶ》しすぎるものだった。

氷のように煌《きら》めいて、時間と共に消えていくもの。それが愛。私が見た、私が知っている愛だった。

誰かを想《おも》うことも、想われることも、どちらも私は大嫌《だいきら》い。

それを悲しいと思うことはなかった。


でも、私は欠陥品《けつかんひん》なのだということは知っていた。

マトモじゃないなんてことは私が一番よく知っていた。


だから私は愛を信じない。

マトモじゃない、欠陥品でしかない私が、愛されるなんて有り得ないから。

第二章▼ ▲地球://太平洋横断 海上防衛任務

1

「ヨーソロー！　久しぶりだね、【銀の惑星】。君なら海上を渡らなくても陸路で走った方がいいんじゃないかい？」

こってこての水兵さんであった。セーラー服を着こなした、ボーイッシュな少女だ。歳《とし》は大体十五、六歳程度。

パッと見ただけでは少年と間違えそうなほど性別がわかりにくい。

「おう、確かに大分久しぶりだな。相変わらず元気なようで何よりだよ、【トーピード・ディヴァウア】」

金色の髪に青色のインナーカラーを入れた少女は軍艦を二隻率《せき》いて星名《ほしな》達を迎《むか》えにきた。

怪我人《けがにん》や荷物を運《はこ》び込む部下達に指示を与えて、無事だった指揮官、アナスタシアに敬礼をして、海色に染まった彼女はにっこりと笑う。

「特別技能戦闘員、ペンネ・アラビアータ。個別識別コードは【トーピード・ディヴァウア】、【カントリークラス】だ。専門は海上戦闘《せんとう》、【軍事都市】までの護衛として派遣されました。宜《よろ》しくお願いします」

彼女……ペンネの能力は魚雷《ぎょらい》。

ありとあらゆる種類の魚雷を瞬時《しゅんじ》に構築し軍艦を守り、敵艦《てきかん》を撃破《げきは》する、海上戦に特化した特別技能戦闘員だ。

その能力から貪《むさぼ》り食《く》う魚雷という意味を持つ個別識別コードを与えられている。

アナスタシアは一つ頷いて、

「協力感謝する。第六〇八大隊を指揮するアナスタシア・ローレライだ。階級は大佐《たいさ》。先に伝えておくが此方は怪我人ばかりであまり戦力として期待しないでもらいたい。私としても徒《いたずら》に部下の命を消費したい訳ではないからね」

「了解《りょうかい》してるよ、ローレライ大佐。そっちには【ワールドクラス】がいるだろ、彼を貸してくれたら問題ない。むしろ過剰《かじょう》戦力にならないよう気をつけて欲《ほ》しいくらいさ」

あんまりな言い草に思わず突《つ》っ込んでしまう星名。

「おい、なんだその言い草。俺《おれ》がいたら便利だろうが」

「そりゃあね。でもここは海の上なんだよ。君みたいなのが能力を下限なしで放ってみなよ、皆して海の藻屑《もくず》さ」

ペンネは腰に手を当ててこんこんと言い聞かせてきた。

普段星名は加減して戦っているのだが、それでも陸地とは違い、船の上は脆い。

確かに気を付けなければ自分の立っている場所ごと破壊しそうだった。

言い返す言葉もなく、黙ってしまった星名にふふんと鼻を鳴らしたペンネは彼の肩《かた》にとまっていた梟《ふくろう》を指さした。

「あと君、梟なんて飼ってたのかい？」

「最近な。粗相《そそう》をするような躾《しつけ》方はしてないから安心しろよ」

「了解、了解！　好きにすると良いよ、君のペットなら問題はなさそうだしね」

「どうも。まぁ断られても連れて行くんだが」

「許可は取ろうね!?　此処はボクの船、ボクの居場所だ。海の怖《こわ》さを知らない人達はしっかり、黙って、ボクの言うことを聞いて、従ってもらうよ。ボクが船長《キャプテン》なんだから！」

「わかった、わかった」

雑な対応をする星名にもめげず、ペンネは歓迎《かんげい》するように両腕《りょううで》を広げた。

「ルールはきちんと守る。それさえ出来れば自由だよ。どうせ暫く船の上なんだ、お互《たが》い

に楽しく行こう」

アナスタシアを案内する為に二人して消えていったのを見送って、近くにいた一般兵士がこっそり星名達に問いかけてきた。

「な、なぁ、なんで【軍備島】とやらに行く必要があるんだ？」

「色々資源が必要になるからな。治療《ちりょう》にしても補給にしても【軍備島】に向かった方が良い。名前の通り軍備がびっちりの島、なんだし」

「じゃあ飛行機とかで向かったほうが早いんじゃないか？　わざわざ海路を行かなくても……」

「【軍備島】は絶海の孤島《ことう》だ。飛行機が着陸できる場所がない」

「え、そうなの？」

リリカが口を挟《はさ》んで来た。どうやら彼女もあまり【軍備島】に馴染《なじ》みがないらしい。彼女は陸路で行ける場所を専門にしているから仕方ないことかもしれない。

所属している第六〇八でも行く機会はほとんどないのだし。

「孤島を下に刳《く》り抜《ぬ》いたような形だからな。海路が一番安全なんだ」

「でも海路って犯罪者の巣窟《そうくつ》なんでしょう？」

「まあな。でもペンネがいるし、俺も出るし。油断は禁物だけどあまりガチガチになる必要もないよ。そもそもセレブでもあるまいに、軍に喧嘩売る輩《やから》がそうそういてたまるか」

【トーピード・ディヴァウア】という個別識別コードは伊達《だて》ではない。彼女はリリカと同じ【カントリークラス】。

一人で軍艦を預かる実力者だ。気楽に構えるぐらいがちょうど良いだろう。

「怪我を治すことに専念しておけ。かすり傷だろうが潮風とか結構沁《し》みるぞ」

主にいつもより露出が控《ひか》えめなドレスを纏《まと》うリリカに対しての言葉だったが言われた当人は半眼になってこう言い返してきた。

「そっくりそのまま返すわよ、怪我人。アンタの方が重傷なんだしね」

2

「最近の海賊《かいぞく》って携行《けいこう》ミサイルとか使うのな」

「呑気《のんき》な感想述べている場合か？　今まさにそのミサイルで狙われているんですけど⁉」

星名が予測していたように軍艦が出港して数日で海賊に遭遇《そうぐう》した。民間の漁船を装っているがロープだの大砲《たいほう》だのといった装備が通常の漁船では有り得ないほど積まれていた。

攻撃《こうげき》されにくいように軍艦の全方位を漁船で囲むという徹底《てってい》ぶりだ。迂闊《うかつ》に動けなくなった軍艦を取り囲み、四方八方から甲板《かんぱん》に向かって鉤爪《かぎづめ》のついたロープが投げられ、強制的に進行をとめられている。取り囲む漁船とは別に少し離れた場所にもやや大きめの漁船が複数確認できた。

その漁船からミサイルが飛んできたのだ。

「よっと」

軍艦から見て左側、その腹近くから甲板にいる兵士を狙《ねら》ってきたので星名が身を乗り出して腕を伸ばす。的確な動作でミサイルを掴《つか》むとそのまま消滅《しょうめつ》させた。海賊からしてみれば彼が触れた途端《とたん》にミサイルが消えたように思えたことだろう。

不発かと再びミサイルが飛んでくるが少年は全てを消滅させた。反対側程度なら星名が手首を閃《ひらめ》かせて対応するだけで全て消滅させられるが真っ正面は物理的に不可能だ。軍艦自体が邪魔《じゃま》をする。弧《こ》を描《えが》くようにしてエネルギーを放つが、あまり持《も》たないだろう。

「数が多いな。あと随分《ずいぶん》手慣れてる」

進行を食い止めるロープを切り落とす為、一般《いっぱん》兵士達が駆《か》けずり回っていた。だが、数が多く落とした側《そば》から何回もロープが投げられるので堂々巡《どうどうめぐ》りだ。砲弾《ほうだん》を撃《う》とうにも距離が近すぎて撃墜《げきつい》してしまうと爆発に軍艦が巻き込まれてしまう。至近距離から何度も爆弾を受け続ける状態と等しいダメージを自ら負うのは馬鹿《ばか》らしすぎるので、こちらからは迂闊に攻撃もできない状況だった。

明らかに場数を踏んだ者の仕業《しわざ》だ。どうすれば効率良く軍艦を引き止められるのかを研究している。

場数を踏んでいなければ出来ない、的確な対応だった。

『総員通達！　コレは【軍艦潰《ぐんかんつぶ》し】だ！　僕《ぼく》らの天敵だよ！　動ける者は海上に出て直接対応してくれ！』

「突然《とつぜん》のあだ名。なんだ【軍艦潰し】って」

『軍に特化した特殊《とくしゅ》な海賊だ。軍艦を潰すのが異常なほど上手いんだよ』

ぼんやり呟《つぶや》いた疑問にも艦内《かんない》放送で答えた上に指示が飛んできた。直接対応しろと言われても大部隊を抱える大所帯ではあるが、通常よりも数は大幅《おおはば》に減っているし、追加で怪我人も抱えている。動けるといってもあまり期待はできないだろう。

しかもこちらには特別技能戦闘員が星名とリリカしかいない。ペンネも手伝ってくれるだろうがあまり当てにはできない状況だ。魚雷を扱《あつか》う彼女だと軍艦と相手との距離が近すぎる。

「うへえ、面倒くさ」

「全然安全じゃなーい！」

『特別技能戦闘員【籠城喰い】は艦内待機、【銀の惑星《わくせい》】だけ出動しなさい！　他の兵士は彼の補助！』

「……追加でボーナス出してくれよ、タダ働きはごめんだからな」

アナスタシアからの無線に呆《あき》れたため息を吐《は》きだして星名は甲板の手摺《てす》りに止まっていた梟の嘴《くちばし》を一撫でする。

主人の無言の指示を汲《く》み取って、艦内待機を命じられたリリカの肩に移動した。

「わわ、何？　どうしたの？」

「スカイを宜しく」

「スカイ？」

「その梟の名前だとさ。名前を呼んでやれば反応する」

スカイとリリカが梟に呼びかけるとホー、と静かな返事が返ってきた。腕に移動してきた梟を抱《かか》えて少女は心配そうな顔をする。

「大丈夫？」

「区別は一般人《いっぱんじん》だろ、犯罪者だが。異世界との戦闘じゃないし、問題とかどこにもないな。とっとと先に進むためにも仕事をするさ」

「腕の怪我、気をつけてね」

心配性《しんぱいしょう》な少女に軽く手を振《ふ》って、星名は甲板から直接飛び降りる。同時に軍艦の腹から動ける兵士達（そこまで重傷じゃない怪我人も含む）がモーターボートに乗って飛び出していく。

だが星名はモーターボートに乗ることはなかった。甲板の端《はし》から海に向かって身を投げる。それなりの高さから飛び降りた獣《けもの》は一番近くの海賊の船の上に難なく着地した。

ズドン、と重たい音と共に船が大きく揺《ゆ》れる。

まさか人が直接降ってくるとは思っていなかったのだろう、軍艦は相当な高さだ。横に張り付いているとはいえ、波もあるし不規則に揺れる船の上に着地なんてできるはずがない。

予想外の出来事に呆然《ぼうぜん》として、手に持った銃《じゅう》を構えるということもできない男を、色素の抜けた灰色の瞳《ひとみ》で射《い》貫《ぬ》いて、彼は獰猛《どうもう》に笑う。

「よう、軍に喧嘩を売った覚悟《かくご》はできてるよな？　お掃除《そうじ》の時間だぜ」

直接制圧が開始された。

【ワールドクラス】、世界最強が蹂躙《じゅうりん》する、圧倒的《あっとうてき》な時間が始まる。

3

男達は海賊の中でもそれなりに名の売れた一団だった。

それこそ、軍の間で【軍艦潰し】などというあだ名が付けられるほどには。

軍艦や輸送船を何度も襲《おそ》っては沈《しず》め、物資などを略奪《りゃくだつ》してきた。だから略奪行為《りゃくだつこうい》など手慣れたものだったし、だからこそ軍艦に手を出すことができたのだ。沈めるまで行かなくても逃亡《とうぼう》したい戦艦《せんかん》などは勝手に物資を落としてきた。そういった【便利な船】は許してやった。命までは取らなかった。

だからこそ、油断していたのだ。忘れていた。

世界には手を出してはいけない化け物が存在するということを。

今、世界は戦争をしていて、その戦場には化け物がいることを。

民間の漁船とはいえ携行ミサイルやら散弾銃《さんだんじゅう》やらをしこたま詰《つ》め込んだ船があまりにも

あっけなく沈んでいく。

たった一人の手によって。ギラギラ輝《かがや》く銀の獣が爆炎《ばくえん》の光に照らされていた。

獣の見た目は非常に華奢な少年の姿をしていた。

全ての色素を抜き取ったような、光としての色だけを残した銀と白。

儚《はかな》げな色をしているくせに野性的で、風景に溶《と》け込んでしまいそうなほど華奢なのに動くだけで風景の主体として意識に入り込んでくるほどの威圧《いあつ》と風格。文字通りの強者から目が離せなかった。

「あらかた討伐完了《とうばつかんりょう》かな」

バチ、バチ、と断続的に鳴り響《ひび》く音が獣からなのか、船のエンジンが引火した音なのか区別が付かない。理性が逃《に》げ出せと叫《さけ》んでいるのに、身体《からだ》が動かなかった。少しでも動いて獣の目に入るのが怖い。意識されれば逃げられないことは既《すで》に他の部下が証明していた。

一隻目ではまぐれだと思った。二隻目では船の全員で銃弾《じゅうだん》を叩《たた》き込んだ。三隻目は足場にしている船を攻撃した。四隻目では銃すら抜けなかった。五隻目ではミサイルを返された。六隻目では……。

一撃《いちげき》だ。着地と同時に終わっている。

まるで子供がふざけてジャンプして遊ぶように身軽な動きで船同士を行き来していく。

いくら軍艦を取り囲むように漁船を寄せているからといって一網打尽《いちもうだじん》にされないようにそれなりに距離を離してあったにもかかわらず。

とん、と軽い音がすれば既に彼《かれ》は別の船の上にいる。一つ一つを丁寧《ていねい》に潰していく。距離を取ろうとして引き離しても異常なほどの跳躍力《ちょうやくりょく》によって無意味と化す。

軍艦を囲んでいた漁船は数分と経《た》たずに全滅《ぜんめつ》した。仲間のほとんどは軍艦から出てきた兵士達に討伐《とうばつ》されている。

そうこうしている間にもまた一隻、海に沈められているのが見えた。

「お前がリーダーかな」

かつん、と靴《くつ》の踵《かかと》が船の甲板を叩く。銀の軌跡《きせき》を伴って、獣が男の目の前に落ちる。

黄金の光を放つ神秘的な姿だったが、男にとっては悪魔《あくま》よりも残忍《ざんにん》で、無慈悲《むじひ》な死神のような存在だった。

部下が銃を向けて発砲《はっぽう》するが片手を閃かせただけで複数の光の球によって持ち手ごと消滅させられる。相当温度が高いのだろう。肉が液体のように溶け落ちて甲板に雫《しずく》を落とした。

絶叫《ぜっきょう》と共にのたうちまわる部下を獣の足が蹴《け》っ飛ばして、海に落とす。

それを羨《うらや》ましく思った。

意識されていないことをここまで羨ましく思えたのは人生で初めてだ。部下でなく、上司。人に使われる立場ではなく、人を使う立場を目指して今の地位を手に入れた男にとって他者に自分をどれだけ意識してもらうかが人生で一番重要だった。

危ない橋も多く渡ってきたが、今この状況はどの恐怖《きょうふ》を覚えたのは初めてだ。実力が上だとしても、たった一撃《いちげき》食らわせれば勝ちだと思っていた自分が心底馬鹿馬鹿《ばかばか》しく思える。真の強者とまみえれば、もう逃げることしか頭に浮《う》かばない。

どうすれば目立たずに済むのか、それだけを考えさせられるのだ。一撃どころかかすり傷すら負わせることは不可能だろう。

ガチガチと歯を震《ふる》わせながら男は何とか言葉を絞《しぼ》り出した。

「と、取引をしないか？　見逃《みのが》してくれるなら、どんな要求でも飲もう、な？」

軍人ではないだろうことはわかった。軍服を着ていないからだ。

軍人特有の服は特徴的《とくちょうてき》で、すぐにわかる。全身真っ白な服はどう考えても軍服ではない。だからこそ個人で話を持ち掛《か》ければどうにかなると男は考えていた。

さらりとした銀髪《ぎんぱつ》を潮風に揺らした少年はわずかに首を傾《かし》げる。実力差では敵《かな》わなくても、話術であれば丸《まる》め込めるかもしれない。

そんな淡《あわ》い期待を裏付けるかのように少年の姿をした獣は黙って男を見つめていた。

「何が欲しい？　金か？　宝石？　女は少し時間がかかるが調達できるぞ」

「特に必要ないな」

「じゃあ船か？　コネクションでもいい」

「興味ない」

「何が欲しいんだ⁉」

にいと獣が笑った。爪先《つまさき》が男を指さす。


「お前だよ」


どん、と鼓膜《こまく》を音が揺さぶった。

意識が飛ぶ。気がつけば無様に甲板に転がっていた。震える指先は自分の意思で動かせない。震えているのは反射的な行動で、意識的に身動きが取れなかった。なんとか動かせた眼球では白く染まった足しか見えない。

冷たい声が降ってくる。銀に相応《ふさわ》しい、氷のような声だった。

「お望み通り見逃してやるよ。【お前の命】だけはな。精神まではちょっと保証しかねるが」

「ば、化け物が……」

絞り出した声に返ったのは哄笑《こうしょう》だった。

銀色の獣は笑いながら言う。

「何を今更《いまさら》」

4

「お見事。相変わらず恐《おそ》ろしくなるぐらいの戦闘能力だね」

「褒《ほ》め言葉《ことば》として受け取っておくよ。つーか仕事しろよ、【トーピード・ディヴァウア】。その名前の魚雷はどこいった」

海賊のリーダーをひっ捕《と》らえて無傷で帰還《きかん》した星名はペンネに引き渡した。

笑顔《えがお》で褒めてんだか貶《けな》してんのかわからない言葉を送ってくる彼女に苦情を申し立てる。

「ボクがやるより早いからだよ。そもそもあの距離で魚雷なんて使ったら軍艦も無事じゃ済まない。犠牲《ぎせい》なく終わらせられる手段があるならそれに越《こ》したことはないだろう？　それに、魚雷だって無限じゃない。節約できることはしておかないと」

「貸し一つな」

「了解」

ため息一つで苦情を飲《の》み込み、話を切り上げると星名は管制室を後にした。

適当に廊下《ろうか》を歩いていた星名はリリカと合流する。戦闘（というにはあまりにも一方的な蹂躙）の一部始終を見守っていた彼女《かのじょ》は質問をしてきた。

「なんで全滅させなかったの？」

「軍が民間人攻撃したらヤバいからだよ」

「犯罪者集団なんでしょ。明確に武器向けてきてるじゃない」

リリカの疑問に星名は首を振った。

「いざとなったらやばい武器とか海に捨てて民間人のふりをされたら？　武器さえなければ状況《じょうきょう》証拠《しょうこ》とかになって、武器を持ってない民間人を軍が攻撃したとかいちゃもんをつけられたりするだろ。俺達《おれたち》の大義名分は異世界からの防衛だ。民間人の犯罪の取り締《し》まりは警察のお仕事なの」

「へえ、じゃあ捕《つか》まえてちゃんとこっちから襲いましたって言わせないといけないのね」

「そういうこと。犯罪者だろうが、地球の人間である以上、区別は民間人だからな。皆殺《みなごろ》しにしちゃいましたけど、実は冤罪《えんざい》でしたとか笑えないだろう。皆殺しを許可すると冤罪を被《かぶ》せて殺したい人間を巻き込む奴も出てくる。いくらこっちから見て確実に犯罪者だとしても、そういった勝手な暴走を防ぐためには必要なんだよ」

「カメラとかあるのに？」

「機械だって改竄《かいざん》できるだろう？　生きてたらどうにかなる、っつー理屈《りくつ》なんだろうさ。だからリーダーっぽい奴だけ確実に生け捕《ど》りなの。降伏《こうふく》したら普通《ふつう》に捕まえて終わりだから抵抗《ていこう》するよりとっとと降伏してほしいんだが、俺が出ると大体ああなる」

「そりゃあそうでしょうね」

　星名のような莫大な力の持ち主が前線に出たら、犯罪者といえど普通の人間の分類に入る彼らはまず恐怖で武器を構えてくるだろう。

　なまじっか変に荒事《あらごと》に慣れているものだから本能的に攻撃に移れてしまう。逃げるのではなく、攻撃することを選択《せんたく》してしまう。だから星名は仕方なくというか強制的に殲滅《せんめつ》するしかなかった。

　安全だとわかっている場所は内側での犯罪が多くなるものだ。戦争の最中に背中を刺《さ》してくる敵は減らしておくに限る。そもそも軍艦が海を渡っているのに喧嘩《けんか》売ってくる漁船は一般人では絶対にないだろうが。偽装船でもないのだ、見たらわかる。

「【本国都市】は良いわよね、アタシ達が全力で命を張って守っているから平和ボケできてるっていうのに」

「そういうもんだろ。いつだって平和な日常は当たり前のもんだ。無くさないと気付けない」

それを守ってくれる人達がいるのだと理解しながら過ごす人間は稀《まれ》だ。

大概《たいがい》が当たり前のものとして、当然の権利として要求してくる。実際に星名達のような人間が防衛し、攻撃を繰り返しているからこその平和だとしても、受け取る側にその苦労はわからない。

「ま、それが世界の真理って奴だよ。人の不幸より自分の不幸、誰《だれ》だって一番自分が苦労しているもんさ」

くつくつ笑う少年はまだ若いというのに老成していた。強大な力を持ち、リリカよりも世界中を回る彼は普通の人より波瀾万丈《はらんばんじよう》な世界を知っているのだろう。それが良いか悪いかは彼にしかわからない。

「【軍備島】まであと何日ぐらい？」

「だいたい三日ってとこかな。流石《さすが》にもう軍にちょっかい出してくるやつはいないだろうし」

「どうして？」

「【軍備島】の周りは海流が複雑でな、普通の船だと難破するんだよ。ペンネは慣れてるから大丈夫《だいじょうぶ》なんだけどさ。そろそろ誰も近寄れない魔《ま》の海域に突入《とつにゅう》するはずだ」

だからこそ犯罪者もその手前で罠《わな》を張るのだ。難破したとしても仕方ないで終わらせられる海域が近くにあるから。

「え、大丈夫なの？　軍艦でもなかなか危ないんじゃ……」

「ペンネはそこら辺も含《ふく》めてプロだから問題ないよ。行き来が仕事みたいなところあるし」

「また海賊に襲われたりしない？」

「そんな猛者《もさ》には会ったことねえな。あの海域ん中だったら魚雷もまき散らして近づく前に吹《ふ》き飛ばすだろうし」

「それ、最初から彼女に任せておけばよかったんじゃ……」

「そこまで万能《ばんのう》なものでもない。監視《かんし》システムもないからな。普通の漁船が行き来しているかもしれないあの海域では使えない手なんだよ。それに結局、魚雷だって有限だから。本人も言っていたが節約できるならしておきたいんだと。金がかかる上に消費が激しいと色々言われたりするし。あいつもあいつであんまりばんばん使えないんだよ」

金がかかる特別技能戦闘員《せんとういん》は割と多い。準備が必要だったり、特殊な素材を使ったりと使用することによる金の消費が激しいとして戦場に出られない奴もいるぐらいだ。

代表的な奴は【歩く処刑《しょけい》器具】だろうか。優秀《ゆうしゅう》な戦闘員であるものの、戦場に出る為《ため》にあらゆる金属で作られた無数の武器を準備してからでないと本領が発揮できない彼は、戦場に出るコストが高いとして最前線に送られることはほとんどない。要人の警護などが主な仕事だ。

逆にリリカなどはコストパフォーマンスが良い戦闘員と言えるだろう。

彼女はミニチュアさえあれば戦える。素材も高価なものである必要がないので使い勝手がいい。複数の代用品を持っていてもミニチュアなので負担にもなりにくい。壊《こわ》れても調達できるという強みは彼女が優秀とされる理由の一つでもある。

その最高峰《さいこうほう》が星名やギルカルテのような自分自身の身体《からだ》一つあれば事足りる戦闘員だ。

特殊な武器を使う必要がなく、通常の兵士レベルのコスト、だけど戦力はバカ高いとなれば、数字でしか世界を見ることができない頭の固い上層部にとっては非常に使い勝手の良い駒《こま》になるからだ。

「諜報員《ちょうほういん》とかはメンタルも重要になってくるからそういう意味でもコストが高いと言えるかな。身体動かすのだって集中力がいるけど情報を集めるのだって消費カロリー的には変わらないらしいし」

結局のところ皆同じように働いていることに変わりないのだが戦争をしている以上、資《し》金繰《きんぐ》りは重要だ。

金は湯水のように使うにも限界がある。わざわざ高い金を使うより良い武器があるならばそちらを選択するのは考えとして間違《まちが》っていない。

だが使い勝手が良い分、酷使《こくし》されやすいのでそこらへんの加減は重要になってくる。

「金の流れといえば【ワールドクラス】の中にいるんだぜ、管理者」

「特別技能戦闘員が管理しているの？」

「全部じゃない。あくまでも特別技能戦闘員専門だが、不当に金が渡されていたり、逆に横領されてたりとか犯罪に使われやすいからそれの対策係として存在している。高価な素材で隠蔽《いんぺい》とか割とよくある話なんだよ。でもプラチナだの、純金だのの素材が本当に能力に必要だったりもする。だから本当に必要なのかを審査《しんさ》するんだ。審査する側が不正に走らないように、そいつにも監視とか審査を重ねているけどな」

「【ワールドクラス】って結構アタシ達のトップとしての仕事が多いのね。もっとこう血みどろな感じかと思ったわ。ほら、前のリーダーさんとか随分気さくな感じだったし」

「まあその為のクラスだしなぁ。ノブレスオブリージュ、だったか？　そんな考えが望ましいんだろ。一人一人が莫大な影響力《えいきょうりょく》持っている方がその本人を縛《しば》りやすいっていうのもあるかもしれないけど」

「ふうん、色々大変なのね」

「そうだよ。だから俺はなるべく面倒《めんどう》ごとは回避《かいひ》したいのさ」

星名は他人事《ひとごと》のように頷《うなず》く。

実際他人事であるので返事は適当だった。視線を外に向けたリリカは彼の服の裾《すそ》を引っ張った。

「あれ……？　星名見て！　外がすごい天気になってる！　これ、甲板びしょ濡《ぬ》れじゃない？」

「だろうな。なんでお前そんなテンション高めなの？」

「安全な室内で見る雷《かみなり》と豪雨《ごうう》ってなんかテンション上がるのよね。ワクワクしちゃう。外にいたら嫌《いや》だけど」

「ふうん？」

廊下に設置された窓から見える景色は嵐《あらし》に包まれていた。

雨や風が激しく打ち付ける窓は途切《とぎ》れる間も無く水滴《すいてき》に濡れている。【軍備島】がある孤島の海域に突入したのだろう。

秘匿《ひとく》の為、海域一帯に人工的な嵐を配置しているのだ。孤島自体に着陸できないというのも事実だが、もう一つの理由として単純に悪天候すぎて空路が向かないというのがあった。なにせ年がら年中、暴風域だ。

甲板で遊んでいた奴《やつ》らが大慌《おおあわ》てのびしょ濡れで駆け込《こ》んでくるのを二人でぼんやり見ていると、リリカが呟いた。

「早く着かないかなあ、陸が恋《こい》しい」

「一ヶ月も乗っていないんだが？」

「だってぇー、慣れないんだもん」

「それを言ったらボクなんて陸にいる時間の方が短いよ」

「うわっ、びっくりした！」

ぴょこ、とリリカの脇《わき》から青いインナーカラーを入れた金髪《きんぱつ》が顔を出した。ちょうど星名とリリカの間、真ん中に並んだ彼女は二人を見上げて笑顔を見せる。

「おう、暇《ひま》なのか、お前」

「暇さ！　それよりも！　今の言葉を聞くに君達、さては船の楽しさを知らないね？」

「乗る機会ほぼねぇからな。移動手段だろ」

うんうん、と横で頷くリリカ。それに指先を顔前で振ったペンネは胸を張った。

「それは罪というものさ！　だからそんな君達に船の良さを教えてあげよう！　さぁ、しゅっぱーつ！」

元気よく星名の言葉に即答《そくとう》したペンネは二人の手を取ると船の探検へと連行していった。

5

夜、与《あた》えられた部屋でランタンを灯《とも》した星名は突き出した窓枠《まどわく》に腰《こし》かけた。

分厚いガラス越しにも轟々《ごうごう》とした嵐の音が耳を叩く。それに背を預ければひんやりとした感触《かんしょく》が伝わってきた。

腰かけたまま、星名は口を開く。音を変えた声が落ちた。

「スカイ」

ホー、と返答。部屋の中で休んでいた梟がばさりと羽を羽ばたかせて彼の腕《うで》に降り立った。

色違《いろちが》いの瞳がきゅるりと機械的な音を立てる。

『呼んだか』

たった一人にしか届かない、完璧《かんぺき》な音が返ってきた。

「そっちは今大丈夫か？」

『問題ない。ちょうど休息の時間だった。どうした』

「前に言ってた事件はどうなった？」

『事件自体は既に収束済みだ。だが、複数の国で権力者が突如《とつじょ》、同士《どうし》討《う》ちを始める事態が同時に発生している。私としては人間よりも人形の方が安心できると依頼《いらい》が増加して少し困っているな。どうやら人形であれば問題ないらしい。自我《じが》があっても人間であると認識《にんしき》されていないからかもしれないな』

互いに声に出して会話をしていても誰にも届かない音だ。そうなるような【星の歌】を使用している。

だがヴィンセントの技術がなければ今のように会話は出来ない。二人の能力の相性《あいしょう》が良かった故の奇跡《きせき》の所業だ。

どちらかの能力が少しでも違《ちが》えば世界を超《こ》えた電話など不可能だっただろう。別のところに意識を飛ばしていると訝《いぶか》し気《げ》な声が聞こえた。

『ホシナ？　どうした？』

「ん、いや、何でもない。聞いてるよ。そうか、そっちでも複数発生しているのか、厄介《やっかい》だな。何か共通点はあるか？」

『私はただの人形師だ。国の機密事項《じこう》に抵触《ていしょく》することは出来ないぞ』

「国家権力をアゴで使える癖《くせ》に。そういうんじゃなくて国の雰囲気《ふんいき》とか、そういった【誰にでもわかる】やつだよ」

誰にでもわかるけれど、地球側の人間であれば絶対にわからないものだ。異世界の国なので地球側では違和感《いわかん》を感じ取れない。

どう足掻《あが》いてもよくわからないで終わってしまう。何がどう違うのかを比べる必要があるのだ。これぱっかりは感覚の問題なので特別技能戦闘員でも難しいだろう。

旅をして様々な国を巡《めぐ》りながら、異世界を自分の世界としているヴィンセントだからこそ答えられることを星名は質問していた。

『……特にこれといったわかりやすい共通点はないな。特産品も別だし、いや……』

「どうした」

『もしかしたら、いや。違うか？』

「歯切れが悪いな、些細《ささい》なことでも良いから教えてくれ」

『気分を害するかもしれない』

「自分から聞いておいてキレたりしねぇよ。さっさと言え」

そう言っても気になるのか、あぁ、だの、うぅ、だの暫《しばら》く唸《うな》っていた。星名としては戦争をしているのだし気にするもくそもないのだが。

あくまでもヴィンセント個人を友人として認識しているのであって、異世界の人間などと区別していない。地球側にも嫌なやつはいるものだ。

異世界だから、地球だからと言っていてはいつまで経っても戦争は終わらないだろう。

星名は殺し合いを好き好んでしている訳ではない。戦争が終わるならそれで良い。

だが、【世界の大きな流れ】としてはまだまだ終わらないのだろうということも理解していた。

しばらくしてようやく友人の決意が固まったらしい。

固めたくせにまだ悩《なや》み気味に言いづらそうに告げられた。

『その、そちら側の……地球侵略《しんりゃく》に対して有益な情報を手に入れたとして他の大国から報《ほう》酬《しゅう》を貰《もら》っていた、国だ』

「へぇ」

有益な情報といわれてまず想像するのは特別技能戦闘員だ。異世界からの地球への侵略は星名達特別技能戦闘員の登場によって格段に困難になった。だからこそ異世界側は彼らを分析《ぶんせき》して対応できるように情報を求めている。

兵器を調べるのは当然のことだろう。

『な、なぁ、言っておいて何だが、大丈夫なのか？　君は何かの組織に所属しているだろう。守秘義務とかに抵触したりはしないか？』

「雑談しているだけで守秘義務に抵触してたまるか。どういう仕事をしていてとか一切《いっさい》話してないんだから問題ないよ。そういうお前だって【傭兵《ようへい》まがい】の仕事をして小銭《こぜに》を稼《かせ》いでいるんだろう、裏切り者扱いされても知らんぞ」

ヴィンセントは一つ処《ところ》に留《とど》まらず、世界中を旅して回っている。友人の復讐《ふくしゅう》を果たす為、というのはあくまでも目的の一つとして、であり、果たした後は気ままに世界を見ているのは聞いていた。

だが、旅をするにあたり金はかかる。

人間なんて生きているだけで金がかかるものだ。食事、睡眠《すいみん》、衣服……などなど、挙げていけば幾《いく》らでも。

人形師としての仕事もしているだろうがそれだけでは食っていけないはずだ。だから資金稼ぎの一つとして傭兵のようなことを行っているはずだと星名は推測していた。

そうでなければ星名の仕事とかち合うはずがない。

「この前の作戦の時も、随分とピンポイントで聞いてきたからな。元々、そういう仕事でも請《う》け負っていたんだろう？」

『……流石だな。そうだ、私は同士討ちの解決を依頼されている。お察しの通り、人形師という仕事だけでは旅は出来ないからな。まぁ地球側には何ら関《かか》わりがない、自分の世界の問題の解決が仕事だがね。チラチラと出てきた話ではあったのだが、今回は規模が大きい。私にお鉢《はち》が回ってきたという訳だ。おあつらえ向きに洗脳が効かない人形がいる』

「なるほど。じゃあ余計に大丈夫な訳？　そっちこそ情報漏洩《ろうせつ》にあたるとか余計ないちゃもんつけられるぞ」

『此方《こちら》も問題ない。チームで行動しているならばまだしも、私は個人だからな』

「なら互《たが》いに問題なしだな」

友人ではあるが仕事の邪魔をするなら容赦《ようしゃ》しない。

これはお互いが納得《なっとく》していることだった。情報は交換《こうかん》するし、場合によれば手伝うこともあるが、それだけだ。

「気をつけろよ、変な動き方して目立たれると厄介だからな」

『当然だ。私としても地球と敵対する意思はない。邪魔をする気はないよ』

「戦場で出会ったら敵同士。待っているのは殺し合い、なーんて面白《おもしろ》くないからな」

だが、もし出会ってしまえば星名は迷わず行動するだろう。害になると判断してしまえば、動かずにはいられない。

そういう風に作《つく》り替《か》えられている。

『では、また進展があれば連絡《れんらく》しよう』

「おう、頼《たの》んだ」

ふつりと音が途切れる。傍《はた》からすれば無音のままだ。
口は動き、呼吸する音は聞こえても、ヴィンセントに渡《わた》した【星の歌】は聴《き》こえない。
同じく、星名の歌も聴こえない。
だから安心して敵対している異世界の友人と話せるのだ。
未《いま》だ激しく窓を叩く豪雨と部屋を真っ白に染める雷が渦《うず》巻《ま》く外を見て、星名は囁《ささや》いた。
「頼むから、俺《おれ》に殺させないでくれよ」
せっかく出来た異世界の友人だ。長い付き合いをしたい。
そうでなければせめて。殺し合いだけはしないようにしたかった。
嵐に溶けた、祈《いの》るような言葉を機械の梟《ふくろう》だけが聴いていた。

6

三日後。
ペンネ・アラビアータが艦長《かんちょう》を務める軍艦《ぐんかん》は無事に【軍備島】へと到着《とうちゃく》した。

甲板から島を眺《なが》めたリリカは嫌そうな声を出す。

「壮絶《そうぜつ》な見た目なんですけどお」

「正しく絶海の孤島《ことう》よね」

ザッパーンと波が崖《がけ》にぶつかって白い飛沫《しぶき》をあげる。おどろおどろしい島であった。映画だったら絶対人死にが出ているレベルだ。殺人事件の舞台《ぶたい》になりますと言われてもそうなんですねと納得できる感じだった。怪《あや》しげな研究とかされてそうな、色々きな臭《くさ》いというか胡散臭《うさんくさ》さも混じった島だ。

「中は結構近代的というか、研究所や訓練所が丸ごと入ったみたいな形だな。見た目は階層が違うだけで同じような場所だし、案内図がないこともあるから迷子にならないように気をつけろよ。複雑怪奇《ふくざつかいき》になってるから大体最初に一人で行動するようなやつは迷子になって数日彷徨《さまよ》う」

星名が脅《おど》すとリリカは後ろを振り返ってアナスタシアに叫んだ。

「え!?　そんなに複雑なら地図ちょうだいよ！　アタシ迷子になる予感しかしないんですけど」

「特別技能戦闘員だろ、頭に叩き込みなさい」

上官様はにべもなく切り捨てる。

「鬼畜《きちく》!!」

「誰が鬼畜か。こんなにも優《やさ》しい上司を捕まえて失礼な。記憶力《きおくりょく》を上げる練習だとでも思えばいいでしょう。手もつけられないほどの方向音痴《おんち》なら考えるけど」

「方向音痴じゃなくても迷うけどな、あそこ」

「余計に怖《こわ》い！」

軍艦が島に設けられた専門のゲートへ入っていく。高度な迷彩《めいさい》技術によって隠《かく》された入《い》り江《え》だ。中に入れば見た目こそ古めかしいがしっかりと電気の通った洞窟《どうくつ》が迎《むか》えてくれる。

「ボクの仕事はここまでだ。楽しい旅だったよ」

ペンネは海上で生活している。

陸には上がらないので彼女とはここでお別れだった。

怪我人《けがにん》や荷物を運び出していく傍《かたわ》ら、ペンネは甲板《かんぱん》から移動せず、アナスタシア、星名、リリカとの別れを告げた。

その瞳には別れへの寂《さび》しさが浮かんでいた。

任務が合えば今回のように会う機会もあるかもしれないが、もしかしたら今生《こんじょう》の別れかもしれない。常にそういう意識を持って彼らは日常を過ごしている。

彼らは戦場に身を置くのだ。いつ死んでいてもおかしくない。

「任務ご苦労。これでお別れね。良い船だったよ」

「こちらこそ。ひと時の旅だったけれど、とても楽しかった。海上生活は単調だからね、任務とはいえ、楽しい時間を過ごせました。【銀の惑星《わくせい》】、君に久しぶりに会えて嬉《うれ》しかったよ。【籠城喰《ろうじょうぐ》い】、体調に気をつけて」

差し出された手を握《にぎ》ったリリカは花が咲《さ》くように笑った。その隣《となり》に立っていた星名はひらりと片手を振る。

「ええ、わかってるわ。ありがとう」

「お前もヘマするなよ」

戦場の最前線よりはマシだが、海の上にも危険はある。

海賊《かいぞく》に襲われたように敵は異世界の人間だけとは限らないのだから。

心得ていると言わんばかりに頷いたペンネはびしりと敬礼を取った。

「これにて第六〇八部隊の護衛任務を完了《かんりょう》とさせていただきます。あなた方の道行きが良きものになりますよう、心から願っているよ」

「協力感謝する。そちらも、十分に気をつけて。また出会えることを願っているわ」

最後の兵士が陸に降り立つ。

ペンネは迎えに来た時のように溌剌《はつらつ》とした声を出した。

「ヨーソロー！　出発だ！」

巨大《きょだい》な軍艦が再び嵐の中へ消えていく。その影《かげ》が完全に豪雨の中に消えていくまで見守って三人は踵《きびす》を返した。

ここから先はまた別の仕事が待っている。

ひと時の出会いと別れの時間だった。

彼女の独白2

家族が出来た。初めての私の居場所。

可愛《かわい》い可愛い私の家族。

怯《おび》える必要がないはずの居場所で。

初めて出来た家族達は皆《みな》が皆、同じような傷を抱《かか》えていた。

誰もいらないと最初から線引きする子、愛に怯えて恋に恋する子、あらゆる感情を消そうとしていた子。

誰も彼もが愛に飢《う》えていた。


愛とはなんだろう。

私は愛を信じていない。

信じていないのに心のどこかで欲《ほっ》している。

いつか誰かが。夢みたいな言葉。

白馬に乗った王子様なんて待っていたって来やしない。

おとぎ話はおとぎ話で、夢物語。眠《ねむ》って覚めたら何処《どこ》にもない。

愛とはそんなものだけど、それは私の考えだった。

誰かに押《お》し付けるものではないし、押し付けられることでもない。

私には家族が出来た。誰に怯える必要もなく、自然に笑顔になれるような、時に怒《おこ》って、時に怒られて。

大事にして、大事にされるような居場所を手に入れられた。

家族は入れ替わる。他から見れば異常と言われるような形であることも理解している。

でも変わらないものだってあった。

とてもとても大事だけれど。
私は家族を愛していない。

第三章　▼▲　地球://絶海の孤島 合同軍事演習

1

「……暑い」

真っ白な肌《はだ》が桃色《ももいろ》に染まっていた。

南極の寒さだろうが、砂漠《さばく》の暑さだろうが顔色一つ、汗《あせ》の一つも見せなかった星名《ほしな》が全体的にしっとりとしている。

鬱陶《うっとう》しそうに濡れた髪《かみ》をかきあげて、銀色の少年は呟《つぶや》いた。

「あつい、とける」

語尾《ごび》が幼児のように砕《くだ》けていた。言葉通りに溶《と》けている。ぐでんぐでんな状態であった。

隣にいたリリカが聞きにくそうに質問してくる。

「……温泉入ったことないの？」

「その風呂《ふろ》に入ったことないの？　みたいな言い方はやめろ。温泉は苦手なんだよ」

「なんで？」

「俺は基本的な身体の機能は全部調整している。自分で体温を調整するなら兎《と》も角《かく》、温泉は外部からの刺激《しげき》で内側が発熱したりするだろ。調整がややこしくなって苦手なんだよ。風呂自体は好きなんだけど、」

「だけど？」

「調整が難しくて頭が回らなくなる。能力が上手《うま》く機能しなくなる訳だな。だからのぼせやすいんだ。取り戻《もど》すのに時間かかるし」

ぐったりしちゃっていた。

だというのに風呂から出る気はないのか、冷たい岩に頬《ほお》を寄せている。

岩場に囲まれた天然の温泉だった。【軍備島】の最下層に位置するこの温泉は常に適温に保たれている。ゴツゴツとした岩は湯に浸《つ》かっていない部分はひんやりと冷たく、だが足場は温かいという不思議な環境《かんきょう》になっていた。

アナスタシア率いる第六〇八大隊は、何故《なぜ》か作戦会議をこの温泉で行っていた。

だから混浴状態だった。流石に真《ま》っ裸《ぱだか》では無理なので、男女関係なく水着を纏《まと》っての入浴だ。

ぐったりしている星名の隣にちょこんと座《すわ》っているリリカは普段《ふだん》見られない少年の姿を

熱心に見つめていた。物珍《ものめずら》しくて仕方ないらしい。

この温泉は温《ぬる》い温度であるし、風が入ってきて涼《すず》しい。

普通ならまずこんな状態にはならない。

実際、同じ時間を浸かっている者ばかりだが、誰一人《だれひとり》として星名みたいにはなっていない。能力の関係上そうなってしまうというのならば仕方ないかもしれないが。温い温度なのに真っ赤になっている彼《かれ》が不思議を越《こ》えて心配になってしまっているようだった。

「せーんぱいッ☆」

豊満な胸を押し付けるようにリリカの反対側から星名に飛びついてくる人影《ひとかげ》があった。

美しい金髪と豊満な肉体を持つ、クラウディアだ。

「暑い」

頬擦《ほおず》りする勢いで引っ付く彼女をリリカが引き剥《は》がそうとする前に星名が無理矢理押《むりやりお》しのける。

貰えるものは貰っておく、普段ならふわふわな感触を楽しむ余裕《よゆう》すら見せる少年のつれなさにクラウディアが残念そうな声を上げた。

「やぁん、酷《ひど》いです、せんぱい。しくしく」

わざとらしく泣き真似《まね》をする彼女。ぽんぽんと慰《なぐさ》めるように頭を撫《な》でてやる星名の灰色の目はどこか遠くを見つめていた。

「引っ付かれると暑いんだ。無理。後にしてくれ」

「約束ですよー？」

途端《とたん》にキラキラした顔で星名に約束を取り付けるクラウディアにリリカが叫《さけ》んだ。

「良くねーわよ⁉　後からだろうが何だろうがなし‼　ね！」

「うるさい……」

「そこ‼　今作戦事項の説明の最中だという自覚があるのか‼」

温泉の端《はし》っこでひそひそ話していたのだが怒られた。

周りにちらほらいた一般《いっぱん》兵士達（男共）からの視線が痛い。

男女問わず兵士がいるとはいえ、軍ではやはり男が圧倒的《あっとうてき》に多い。いたとしてもアナスタシアのような上官だったり、そもそも看護師さんだったりで同じ目線で同じ立場、というのが少ないのだ。

だが特別技能戦闘員になると女性もそれなりにいるので彼女達《かのじょたち》は男共の数少ない癒《いや》しスポットで、目の保養なのである。

そんな目の保養は特別技能戦闘員の星名に奪《うば》われっぱなし。恨《うら》みの目にも殺意がこもるといえよう。

たとえ敵《かな》わない相手だとしても、嫉妬《しっと》はするのである。

有象無象《うぞうむぞう》の視線など物ともせずに、ぐったりしたまま星名は声を上げた。

「なんで俺まで怒られるんだ。ちゃんと聞いてるだろうが。つーかそもそも温泉で作戦会議するなよ、仮にも軍だろ。ルールとかどうなってんだ？」

うんうん、と横でリリカも頷いていた。そもそも風呂で作戦会議など聞いたことがない。しかも混浴。会議室でやるべきものでは？

「今回の作戦は合同の軍事演習よ。つまり、仲間内での作戦。会議室でくっちゃべってたら内容がモロバレするでしょう？」

「……軍事演習なんだから示し合わせてやるもんじゃねーのかって話だよ」

温泉にやられてぐでんぐでんになっていても話はちゃんと聞いていたらしい。

「今回の任務は互いに知らせず、緊張感《きんちょうかん》を持って行動するようにとのお達しよ。向こうも同じように対策しているでしょうし、この状況《じょうきょう》は理にかなってるの」

本気か？　と仮にも上官に対し顔に出す星名。

だが、面倒くさくなったのか、おざなりに先を促《うなが》した。

「はいはい、で、何処とやり合うんだ？」

「【猟犬狩人《ハウンドドッグ》】に【宝石妖精《ようせい》】、司令塔《しれいとう》に【三位一体】ね」

「うっげぇ、【トゥルー・マザー】の子飼い共じゃねぇか。絶対面倒くせぇ」

「【トゥルー・マザー】って、【ワールドクラス】よね。教育専門の」

リリカがことりと小首を傾《かし》げる。露骨《ろこつ》に顔を歪《ゆが》めた彼は背をのけぞらせるようにしながら頷いた。

「そうだよ。俺はあの女、好きじゃないんだ。本人がいないだけマシだが。子飼いだったら同じように性格悪いんだろうなぁ……やだなぁ」

「性格悪いって、アンタ、言い方……」

「お母様が苦手なんですか?」

リリカがちょいと苦言を漏《も》らしたのとは別にクラウディアはさらりと質問した。

「あの喋《しゃべ》り方《かた》が無理。なんか小馬鹿《こばか》にされてる気になるんだよな。つーか、お前、【実子枠《わく》】なのか」

邪険《じゃけん》にされても全く気にしない、メンタル強強なクラウディアに視線を向ける星名。

クラウディアは自慢《じまん》げに胸を張った。

「ええ。わたしは優秀ですので。お母様より【実子枠】を受けています」

「実子枠って何さ?」

「【トゥルー・マザー】の子飼いの分類のこと。アイツは自分の能力を使って教育した奴のことを子供として呼んでるからな。優秀なら【実子】、普通《ふつう》なら【養子】として分けてるのさ」

「え、おっさんとかでも？」

機密情報を漏らしたくない上層部の方々もお世話になっているのだ。どう見ても子供に見られない大人が子供として扱《あつか》われていたら色々と見る目が変わってしまう。

思わず想像してしまって湯の中にいるのに星名は鳥肌《とりはだ》を立てた。

「嫌な例え方するなぁ！　それは別だよ。アイツが直々に教育を施《ほどこ》した奴に対しての分類だから」

ごほんと咳払《せきばら》いをされた。

アナスタシアに視線を向けると彼女《かのじょ》は呆《あき》れた顔で話を続ける。

「今回その【トゥルー・マザー】は不参加だが、彼女が鍛《きた》えた特別技能戦闘員相手の模擬《もぎ》戦となる。各自気を引き締《し》めていくように」

「こっちの勝利条件は？」

「制限時間までに指揮官を目的地まで死守することよ」

ん？　と小首を傾げた星名はアナスタシアを真っ直《す》ぐ見た。彼の指揮官は彼女だ。名目的に、という単語が最初につくけど。

「お前を守るのか？」

「私じゃない。私は別室でモニター監視《かんし》よ。指揮官は別にいる」

「変な奴だったら突《つ》き出して終わるぞ」

「指揮に関しての専門家だ。お前も何回か顔は合わせているはずよ」

そう言っただけで、アナスタシアは名前を出さなかった。首を傾げて記憶《きおく》を掘《ほ》り起こす星名は内心で呟く。

「(俺が知っている範囲《はんい》だと割と色んな奴が当てはまるんだが)」

意外と顔が広い星名であった。

心当たりが多過ぎて誰《だれ》かわからん。

2

爽《さわ》やかを通り越して胡散臭さすら感じる笑《え》みを浮《う》かべた男だった。

危機感を刺激されるのかリリカとクラウディアが星名の背中に隠れる。

「おや、嫌《きら》われてしまったかな？」

軽くうねった黒髪《くろかみ》に銀のメッシュを入れた、青い瞳《ひとみ》の青年が微笑《ほほえ》んで首を傾げた。

左眼《ひだりめ》の下の泣きぼくろが色気を添《そ》えた、とんでもなく顔が良い男だ。体格も良く、ギルカルテほどではないものの華奢《きゃしゃ》な印象を受けない。

少女達《たち》を背中に隠した星名が嫌そうに顔を歪めた。

「お前の見た目が胡散臭いんだよ。なんでよりによってお前が来るんだ……」

「それは私が特別技能戦闘員《せんとういん》に対して大いなる愛を抱《いだ》いているからだよ！」

バッ!!　と手を広げて熱く語る男に背中から顔を出したリリカが細々とした声で質問した。

「だ、誰よアンタ」

「おっと失礼。私としたことが。私はカトリ。カトリ・シーモン。指揮官権限を持っていることから指揮官と呼ばれることが多いかな」

「あと特別技能戦闘員狂《せんとういんぐる》いだろ。特に【ワールドクラス】」

心底嫌そうな顔をして星名は付け加えた。

そのままさりげなく立ち位置を少女達の盾《たて》になりやすい位置に変えておく。変な奴ではないのだ。変態なだけで。

「え、この人は特別技能戦闘員じゃないの？」

「普通の人間だよ？」

「嘘《うそ》つけ。【ワールドクラス】とタイマンして勝ったゴリラの癖に」

お前みたいなのが普通でたまるか、と吐《は》き捨てればクラウディアが驚《おどろ》いたように目を見開いた。

信じられないことを聞いたと、いつも自分の感情を綺麗《きれい》に隠す彼女の表情が語っている。

「本当なんですか、それ」

「ホントだよ。流石《さすが》に戦闘専門じゃないけどな。指揮官っていう肩書《かたが》きだけで指揮されるとかふざけんなーっつって何人か嫌がったんだよ。それで実力見せたらいいだろうって」

「あの時は心が躍《おど》ったよ。手加減はされていただろうが、特別技能戦闘員、特別な力を持つ特別な者達と戦える貴重な機会だった」

恍惚《こうこつ》とした表情で過去に意識を飛ばすカトリをドン引きした顔で指差しながら星名は言葉を続けた。

「付け加えておくならコイツは【ワールドクラス】の指揮権を与えられてる。指揮権限だけでいうなら最高クラスだ」

アナスタシアですら【ワールドクラス】の指揮権は持っていない。あくまでも星名が所属しているから命令できる立場であるというだけだ。

彼が命令を拒否《きょひ》したとしてもアナスタシアには罰《ばっ》することが出来ない。星名には【ワールドクラス】としての命令拒否権《きょひけん》があるからだ。ちなみにリリカ達にも存在するが、効力は弱く、正当な理由でない限りは拒否することは出来ない。

だが、カトリは違う。

彼は【ワールドクラス】に対しても指揮権限を保有している。故に星名は彼の命令に対して逆らうことが許されない。勿論《もちろん》、リリカやクラウディアも同様だ。

【ワールドクラス】を含《ふく》めた特別技能戦闘員全員に対しての指揮官。それがカトリ・シーモンという男だった。

「でもアタシ達、会ったことないわよ？」

「私が呼ばれる作戦は基本【ワールドクラス】が対象だからねぇ。知らなくても仕方ないよ。他クラスのレベルだったら私以外で対処可能だとされるようなのさ」

カトリは所謂《いわゆる》、軍のお偉《えら》いさんだ。

アナスタシアよりも上の上。それこそ【ワールドクラス】レベルでないと仕事をすることはない。本人的にはだいぶ不服のようだったが。

星名が嘆《なげ》いた。

「マジかぁ、お前と仕事すんのかよ。基本血《ち》なまぐさい救出作戦とかばっかだから良い思い出とか皆無《かいむ》なんですけど。返り血浴びてる印象しかねぇんだが」

「ふふ、この機会にその印象を塗《ぬ》り替えてみせるとも。折角《せっかく》素敵《すてき》なお嬢《じょう》さん達とも一緒《いっしょ》なんだからね。特別技能戦闘員……あぁ、どんな力を持っているのか。実に楽しみだ」

蕩《とろ》けるような笑《え》みを浮かべてトリップし始めた指揮官をドン引きを越えた諦《あきら》めの表情で見やった星名は今のうちにと少女達を逃《のが》してやった。死んだ魚みたいに灰色の瞳からハイライトが消える。

コイツ、ツラだけは良いんだがなぁと残念なものを見るような視線を送ったが、本人には伝わっていないようだった。ニヤニヤ笑いながら妄想《もうそう》の世界に浸《ひた》っている青年を引っ張り出すべく彼は嫌々《いやいや》口を開く。

「目的は【トゥルー・マザー】の件か?」

「あれ、知ってたのかい?」

トリップしていた割には速いレスポンスだった。

星名は腕を組んで、

「ふぅん。なら能力の弱体化の件も視野に入れたのか。本格的に降格するのも時間の問題か?」

絶対性が揺《ゆ》らいだのであれば【ワールドクラス】には居られない。誰であろうとそれは変わらなかった。

そうやって世界最強を名乗っているのだ。

「それも含めての審査《しんさ》かな。処罰《しょばつ》としてなら兎も角、何も咎《とが》がないのに降格となると後任の準備とか大変だからさ。なるべくなら代わって欲《ほ》しくないのが本音」

「どっちにしろ大変だろ。弱体化したなら絶対性が消滅《しょうめつ》するから新しい絶対性を持つ能力者の確保。そうじゃなくても弱体化を疑われるような何かがあるんだからそれの審査、経過観察で時間を食う」

カトリまで出てくるとは。

未だ審査をしなければならない程《ほど》にはわかっていないらしい。ならこのまま何事もないように終わってくれることを願うだけだ。

【トゥルー・マザー】の能力が安定しているなら何も変わらないで済む。

「今回の任務もお前の仕業《しわざ》だろ。他の仕事に巻き込《こ》みやがって。二重三重で面倒《めんどう》くさいな」

「あ、これ一応機密情報の話だから内緒《ないしょ》にしててね」

「わかってるよ。だからアイツらを離《はな》したんだろ」

ふと、そこで一旦《いったん》星名は口を閉じた。

彼らのそばを何も知らない兵士達が通り過ぎていく。

カトリがにこやかに言った。

「場所を移動しようか。君はもう準備出来てるんだろう?」

今は準備の時間だった。

模擬戦闘《もぎせんとう》といえど全力で、というのが命令だ。

破壊《はかい》行動に限度はあるがリリカ達も自分の【科学魔術《まじゅつ》】を使用する許可が出ているので万全《ばんぜん》を期すために準備しているはずだった。

だが、星名は違《ちが》う。

ぶっちゃけ彼が本気であろうとなかろうと力を解放しちゃったら全部終わる。だから彼だけは能力の使用に制限がつけられていた。

コンディションが悪くなるようにわざと温泉で作戦会議をしていたのも彼の能力を少しでも抑《おさ》え込む為《ため》だ。

「白々しい。嫌《いや》がらせか? 俺が全力を出せないように温泉なんかに突っ込んだのお前の指示だろ。後方でアナスタシアと同じくモニター監視にでもさせときゃいいものを」

星名の言葉に、にっこりした笑顔が返ってくる。

指揮官の笑顔はアナスタシアだけで十分だと顔を歪めて見せた。

へこたれない指揮官（変態）は満面の笑みを見せたまま、

「じゃあ行こうか」

3

カトリの案内で一室に辿《たど》り着くとそこは資料が積み上げられた部屋だった。

生活感はまるでなく、ただ雑多に紙の資料を運《はこ》び込んできただけ。資料室と言われても納得しそうなほどの部屋だった。

「お前の部屋だろ、此処《ここ》」

「うん」

「俺達が此処に来るより前に滞在《たいざい》しているはずなのに生活感がまるでないんだが」

今回の任務は【トゥルー・マザー】直々の子飼い達が相手。彼らは星名達より先にこの【軍備島】で生活している。たまたま第六〇八大隊が来たのでこれ幸いとばかりに軍事演習が組まれたが、そうでなければもっと後になっていたはずだ。

それなのにこの生活感のなさ。

カトリは果たして人間の生活をしていたのか心配になる星名だった。指揮官が栄養失調だの寝不足《ねぶそく》だので使い物にならないとか困るのでやめてほしい。

じっとりした視線を送るとカトリは慌《あわ》てて弁明してきた。

「いや、ちゃんと食事は摂《と》ってるよ？　片手で摘《つま》めるものとかが多いから偏《かたよ》ってはいるかもだけど！」

「そもそも書類とか電子に纏めろよ。端末《たんまつ》一つで確認《かくにん》できる時代にアナログで確認とか面倒くさいだろ」

アナスタシアもそうだが、基本的な書類はすべて軍で管理された端末で事足りる。紙での作業なんて場所も取るし、見られる可能性だってあるだろうに。

「そりゃあ私だって普段の書類は電子で確認するさ。此処にあるのは全部機密事項《じこう》、電子の海には残せない終わったら燃やす類のものだけだよ。時間を見て捌《さば》いてはいるんだけどさ、やっぱり一箇所《かしょ》に留《とど》まると書類がどんどん積み上がっていっちゃうんだよね」

「今回の任務に関係ないもんまで混じってんのか。そこまで時間があるのかよ、お前に。今からまた出撃《しゅつげき》でお前も前線に出るんだが」

「休憩《きゅうけい》時間とかに見るさ。この程度なら滞在時間中に終わるしね」

「休憩の意味を理解しているか？　睡眠時間削《けず》って、食事の手間も惜《お》しんでとか社畜の鑑《かがみ》だなおい」

仕事してたら休憩って言わねぇんだよと口を回しながら書類を手に取ると特別技能戦闘員について書かれていた。確かに機密情報だ。そして納得する。

変態はこんな仕事の書類を見ても嬉々《きき》として読み進めていくのだろう。理解に苦しむが納得できた。

「正直なところどうなんだ？」

「何が？」

足の踏《ふ》み場《ば》もない、とは言わないが少なくとも人を招くにはあんまり宜《よろ》しくない部屋の中央、大きなテーブルに向かってスタンドライトを付けたカトリは星名に背を向けて書類を確認し始めてしまった。

椅子《いす》は中央のテーブルの前にしかなく、それはカトリに使われてしまっている。仕方なく別のテーブルの書類を無造作に押し退《の》けて椅子代わりに腰《こし》掛《か》けた。

適当に書類を盗《ぬす》み見しながら星名は本題に入る。

「【トゥルー・マザー】の件だよ。わざわざこんな盗聴《とうちょう》防止の魔術だのを重ねがけした部屋に連れて来ておいて。世間話が目的な訳ねぇだろ」

「その件についてなら【無重力システム】からの報告書あるけど読む？」

渡されそうになった書類に手を振《ふ》って拒否する星名。

「要《い》らん。余計な仕事を増やされるのは面倒だ。【トゥルー・マザー】の件はリーダー様とお前でどうにかしろ。当たり障《さわ》りのない部分を簡潔に」

「結論から言うなら問題なし。弱体化の件は見られなかった。教育についても監察官《かんさつかん》を送ったが変わりなしと言われたし」

「じゃあなんで諜報員《ちょうほういん》の問題が出たんだ……？」

「それも含めて調査する為に私が来たのさ」

さらさらと淀《よど》みなく手を進めながらカトリは返答する。

「【トゥルー・マザー】自体はどうなってる」

「暫《しばら》くは監視つきかな」

「裏切者の可能性があるのか？」

「うーん、というより何かしらの能力の干渉《かんしょう》を受けている、という可能性の方を警戒《けいかい》している。彼女の能力なら裏切るにしてももう少しやりようがあるだろうって判断」

「まぁ、わかりやすいというかあからさまだったからな」

【トゥルー・マザー】はその能力の性質上、他の【ワールドクラス】に比べて機密事項に関《かか》わることが多い。

更《さら》に軍の上層部も世話になっていることからより多くの弱《よわ》みを握っていることにもなる。

今の状況は彼女が裏切ったというより彼女を貶《おとし》めようとしているような感じがあった。

秘密を握るということは人から狙《ねら》われやすい。

「心当たりみたいなのはない？　予測の範囲で構わないからさ」

「俺《おれ》に？」

「君に」

「んー、心当たりなぁ……。能力の競合は？」

「能力同士がぶつかりあって何か問題を起こしているということかい？」

　精神に作用する能力者はあまり多くない。

　実験が難しいというのもあるし、単純に危険であるので手を出さない者も多いからだ。

　例えばクラウディアは優秀《ゆうしゅう》な諜報員だが彼女の本領は擬態《ぎたい》や欺瞞《ぎまん》を使いこなすことにある。精神に介入《かいにゅう》するような能力ではない。

　自分の身体を利用して誘惑《ゆうわく》する程度だ。

「俺達の力は使えば使うほど強くなる。想定以上の威力《いりょく》のせいで競合を起こしている可能性はあるんじゃないか。アイツは特に教育者として特別技能戦闘員に関わる事も多いし、洗脳を含めた精神関係の能力なら軒並《のきな》みアイツの世話になるはずだからな」

　似たような能力を持っている特別技能戦闘員同士だと普通にある話だった。星名にも関係があるものでいうと音関係だろうか。

　使っている音同士が変な競合を起こして騒音《そうおん》を撒《ま》き散らすという大惨事《だいさんじ》になったことが

ある。といっても星名の能力に競合を起こした訳ではなくその後始末に駆《か》り出されただけだが、アレは能力がかち合った所為《せい》で起きたことだ。相殺《そうさい》で終わるならまだマシで、互《たが》いが互いに影響《えいきょう》を及《およ》ぼしたせいで制御《せいぎょ》不能になったりすることもある。

【トゥルー・マザー】は世界最強の一角に座っているが無敵ではない。

今回の一件も誰かしらの能力が強くて問題が起こっている可能性はあった。

ちなみに星名の能力の一つ【星の歌】はあくまで音に似た何か、であるので音関連で競合が起こることはない。

音に似ているが異なるモノであり、どう弄《いじ》っても音そのものにはならないからだ。

むしろ音より強力なのでかち合わせたら普通に【星の歌】の方が勝つ。

「そうか、そっちの可能性もあるにはあるのか」

【ワールドクラス】にもなると競合などしないと考えて選択肢《せんたくし》から排除《はいじょ》したのだろう。強力故に負けることを想定していない。

だが競合ともなれば相性《あいしょう》の良《よ》し悪《あ》しによって、幾《いく》ら強力でも太刀打《たちう》ちできないことがある。

ただでさえ精神に作用するものはデリケートなのだ。可能性の話だけするならそっちの方が余程《よほど》高い。

「うん。そっちを重要視して考えてみるよ」

「なんでそこに辿り着かなかったのか、俺は疑問だよ」

「あはは、まぁ滅多《めった》にないことだからね。しょうがない、としてくれ」

ひょいと肩《かた》をすくめた星名は何も言わなかった。

暫く雑談に興じていた彼らは同時に時計を見やる。端末から集合時間になったことを知らせるアラームが鳴った。

「時間だな」

「時間だねぇ。私としてはもう少し話していたかったけれど」

「俺は一刻もはやく終わらせて寝《ね》たい。最近寝不足なんだよな」

「では、期待に添えるように頑張《がんば》るとしよう。なんていったって特別技能戦闘員の為だからね！」

「へいへい」

4

開始位置についた星名、カトリ、リリカを含めた部隊は決められたルートを使って歩き出していた。

クラウディアや他の特別技能戦闘員はそれぞれ部隊を率いて別行動だ。

今回の作戦の要、指揮官カトリを護衛するリリカの部隊、クラウディア率いる陽動部隊、目眩《めくらま》しとしてどちらが本命かわからないように特別技能戦闘員を多く配置させた部隊の三つ。リリカ達が危なくなれば他の部隊と合流して指揮官だけを確実に送り届けられるように設定されている。

最初から分かれて行動できるように舞台《ぶたい》となった軍事演習場は入り組んだ研究所を模していた。

複数の階層、上下に入り組んだ階段、同じような部屋が並んだ廊下《ろうか》は似たような景色を並べることで自分が何処にいるのかを惑《まど》わせる効果を持っている。

指揮官を送り届けるルートは三つ。その中の一つを選んだカトリは兵士達の中央を歩きながら作戦を提示する。

「相手はまず索敵《さくてき》に【猟犬狩人】を出してくるだろう。だから彼らと鉢合《はちあ》わせしないように立ち回る。彼らは私達より人数が多いし、彼らにしかわからない連携《れんけい》をしてくるからね。特別技能戦闘員だけで構成されている。見つかればまず逃《に》げ場がないと考えるべきだよ。じわじわと獲物《えもの》を狩《か》り立てるみたいに追い詰《つ》めてくるはずだ」

「能力は犬笛だ。モスキート音みたいに特定の人間にしか聴《き》こえない音が聴こえる奴《やつ》だけを集めた特殊《とくしゅ》部隊。距離《きょり》の問題はあるだろうが、何処で誰に聞かれているかわからない、という強みがデカい。音を攻撃《こうげき》手段としても使っていたはずだからそこも気をつけろよ。指向性が強くて、癖《くせ》があるから攻撃方法としてはわかりやすい部類に入るな」

カトリの説明に補足を加えてやるとリリカが彼の袖《そで》を引っ張る。音ならば星名の得意分野だからだろう。

「星名には聴こえるの?」

「犬笛か?　無理だな。聴こえない。でもさっき言ったようにだいぶ癖が強いからわかりやすいのはわかりやすい。利用して音を弾《はじ》いたり、妨害《ぼうがい》することぐらいなら朝飯前。ただ、」

「【銀の惑星《わくせい》】は手出ししないようにねー」

「と、指揮官が言ってるから無理だな」

【ワールドクラス】の彼が手を出してしまうと本当にすぐ終わってしまうので訓練にならない。

本来なら彼は不参加でアナスタシアと共に何処《どこ》か別の部屋でモニターでも眺《なが》めているはずだった。

が、カトリが駄々《だだ》を捏《こ》ねたので彼は作戦に参加している。

にっこり笑顔で手出し無用を言い付けられた星名は、

「そもそも俺を参加させる為だけに温泉で作戦会議させるのがどうかしてるよな。手出し無用にするならそもそも不参加で良いだろうに」

「君は自分の価値をわかっていないな。折角《せっかく》【ワールドクラス】と仕事ができるというのに私がわざわざ機会を逃す必要など何処《どこ》にもないだろう？　いるだけで良いんだよ。それだけで私は嬉《うれ》しい」

「お陰《かげ》で俺は絶賛不調だが？」

いるだけでいいならいなくてもいいと思う。溜《た》め息《いき》を吐《つ》いているとリリカがことりと首を傾げた。

「不調には見えないんだけど。いつも通りに見える」

「不調だよ。これでもな。今【猟犬狩人】と鉢合わせしても音から守るのに時間がかかる。ノータイムで防御《ぼうぎょ》とかそういうのは無理だから盾にするなよ」

他人から見てわかるようになっていないだけだ。

戦場に立つ者として、最強の一角を担《にな》う者として味方であっても無様な様子を見せるわけにはいかないので普段通りを装っている。

「まぁ【銀の惑星】はゆったり、のんびり構えてくれたら良いさ。所詮《しょせん》模擬《もぎ》戦だしね。命

いない。

【トゥルー・マザー】の教育を確認するのが目的ではあるがリリカ達にはそれを知らせて
の危機はないさ」

名目は【特別技能戦闘員と一般兵士の連携向上】だ。

お題目がある以上、カトリはそれ相応の仕事をしなければならない。本来の目的を隠《かく》して、表向きの仕事を。

「アタシ達はアンタを目的地まで届ければ良いのよね？」

「そう。私が目的の部屋まで辿り着いたらそこで終了《しゅうりょう》だ。時間制限は一応設けてあるけれど、よっぽどの泥沼《どろぬま》にならない限りは狙えない。だから、向こうは私に一発でも当てれば勝ち、という状態を狙ってくるだろう」

演習場の研究所内、奥《おく》の奥、中央部分に指揮官を送り届ければ星名達の勝ち。わかりやすい目印を設けた扉《とびら》があるのでその部屋まで辿り着いて彼を中に入れれば終わりだ。

それを阻止《そし》して指揮官に一発でも模擬戦用の銃弾《じゅうだん》を当てれば向こうの勝ちというシステムになっていた。

侵入《しんにゅう》する側の星名達と、それを防衛する【二位一体】率いる特別技能戦闘員達。彼らは何処かで待機室を作って指示を送っているはずだ。

「こっちの勝利条件はそれだけなのか？　敵の殲滅《せんめつ》とかは」

リリカ達と共に行動していた兵士の一人が質問すると、カトリは片目を瞑《つぶ》る。

「求めているのは特別技能戦闘員との連携だ。隠密《おんみつ》特化だよ。異世界との戦闘も視野に入れている。防衛戦でもない限り彼らとはまともに戦わない、が鉄則だろう？　そもそも殲滅だけを追求するならそこにいる【ワールドクラス】だけで終わっちゃうしね」

「まぁ、そうなるよな」

同意しかなかった。

その便利さを買われているのだから当たり前といえば当たり前なのだが、多少のことは彼がいればどうとでもなるのだ。

「だから念押《ねんお》ししておくけど、基本的に手出し無用で。傍観《ぼうかん》に徹《てっ》しておいてね。防御は許可するけどやりすぎはなし」

「はいよ。……始まったな」

クラウディアの陽動が上手くいったのか、派手な銃撃音《じゅうげきおん》が響《ひび》き出した。遠くの方に目をやって星名はボヤく。

「後始末面倒そうだなぁ。模擬戦用の銃弾ってペイント弾《だん》だろ。この演習場、ほぼ真っ白だし。掃除《そうじ》大変だぜ絶対」

「ド派手、ネバネバ、変な匂《にお》い付きのヤツでしょ。特別技能戦闘員に喧嘩《けんか》売ってるとしか思えないんですけど」

「軍服と違って君達は私服だからね。特別技能戦闘員なんだから汚《よご》さないのが前提なんだ」

軍服は謂《い》わば支給品なので汚れても良いやという感覚があるが、特別技能戦闘員達はそれぞれが違う私服だ。

星名のように全身真っ白コーデからリリカのようにド派手な黄色のドレスまで、何でも有りなファッションスタイルを許されている。

渋《しぶ》い顔をしたリリカは拗《す》ねた口調で呟《つぶや》いた。

「……アタシ達だって負ける時は負けるんですけどぉ。もぅ、これだから縦社会って嫌なのよ。服装自由にしたのそっちじゃない」

「ふふふ、そういう不自由さも含めて私は君達が好きだよ。多種多様な能力を扱う君達の違いが、私を楽しませてくれ……いたたたたたッ!!　ちょ、ちょっとま、絞まって、絞まってるから！」

やべぇ笑みを浮かべ出したど変態の後ろ襟《えり》を無言でギリギリ絞め上げていく星名。

本来なら囲んで守らなければならないはずの指揮官から全員が距離を取る。

「お前、ちょっといい加減にしろよ？　いっぺん川の様子を見に行って来い!!」

「それ、ジャパニーズジョーク？　川ってアレでしょう、冥府《めいふ》に流れるっていう、痛い痛い!!　本気か、本気なのか⁉」

減らず口を黙《だま》らせる為に星名の手が力を増した。

ミシミシと骨が軋《きし》む音を聞かせれば流石のゴリラも少々焦《あせ》ってくれる。

暫くは仕置きだと叫ぶ声を無視してカトリを掴《つか》む手に力を込めた。

5

「そろそろ時間だわ、オルチーナ」

「ええ、その通りね、チカチーナ」

よく似た顔立ちの少女達だった。

二人は示し合わせたように互いの手を握《にぎ》り合う。

手を離せばお互いに居なくなってしまうと、見えなくなるとでも言わんばかりに。

「本当に恐《おそ》ろしくなる程、お義姉様《ねえ》の仰《おっしゃ》った通りになったわね」

「でも油断は禁物だわ。私達に気付かれていないとも限らない」

「そうね、オルチーナ」

「そうよ、チカチーナ」

チカチーナと呼ばれた少女は薄い桃色の肩につかない程度に揃えられた髪をさらりと揺らす。

シンプルながらも露出《ろしゅつ》が高い、白いワンピースを身に纏《まと》っている。肩を薄いレースで覆《おお》っていても尚《なお》、剥《む》き出しになった肌《はだ》が目を引いた。

オルチーナと呼ばれた少女はチカチーナとは逆だ。

彼女より濃《こ》い色の髪こそ同じ長さだったが、纏うワンピースは黒色。肌も薄い黒色のレースで隠している。

彼女達《かのじょたち》は二人で一つだが、同一ではない。

「次の一手に移りましょう」

「次の指示に従いましょう」

同じような言葉を歌うように呟いて、彼女達は繋《つな》がれていない手を持ち上げた。

「【宝石妖精】はサファイア、エメラルド率いる部隊、水晶《すいしょう》まで出撃なさい」

「ダイヤモンド並びにティターニア、オベロンにはそのまま待機を命じます」

「了解《りょうかい》」

それぞれ宝石と同じ煌《きら》めきを放つ瞳が無数に光る。

様々な色が部屋から消えていった。

待機を命じられた部隊は不満の声も出さず、またお喋りに興じることもなく、部屋の中で静かにその時を待っている。

オルチーナが不安そうに顔を伏《ふ》せた。

「【猟犬狩人】はきちんと仕事をしてくれるのかしら。彼《かれ》らでは少し弱いかもしれないわ。音を弄《いじ》る能力者は居ないと事前に聞いていたけれど、適性がなくても聴こえてしまうことはあるもの」

「更には向こうには二のお義姉様、【パーフェクト・イリュージョン】がいらっしゃるものね。真正面から戦えばまず勝てないでしょう。勿論、火力という面でもね。でも彼らには数の利があるわよ」

「そうね、チカチーナ。数は強力な武器よね」

「そうよ、オルチーナ。数は個人に勝るのよ」

向こうには【ワールドクラス】もいる。

だが、今回の作戦には不参加であることを二人は既《すで》に知っていた。【カントリークラス】も脅威《きょうい》だが彼女は室内戦には向かないということも。

強力な能力者は大幅《おおはば》に制限がかかっているはずだ。

今回の作戦は一般《いっぱん》兵士との連携向上を目標にしている。

対して此方《こちら》は特別技能戦闘員しかおらず、全力で力を発揮しなければならない。

目的の為にはちょうど良い舞台だった。

それをちゃんと【お義姉様】もわかってくださっている。モニターを監視していたオペレーターが報告を上げた。

「第一索敵部隊が撃破《げきは》されました」

予定通りの時間だ。

撃破した部隊は【宝石妖精《ようせい》】達の手にかかるだろう。予想通りと二人で同時に頷《うなず》いて互いの手を強く握る。

「ねぇ、オルチーナ」

「なに、チカチーナ」

「指揮官はどのチームに居ると思う？　三つの中で」

「三つの中で一番人数が少ないチームでしょうね」

入り組んだ内部は非常に複雑で彼女達しか目的地までの道を知らない。向こうの指揮官も知らされていないはずだ。

簡単なルートには罠《わな》を山ほど、複雑なルートには強力な門番を、一番平坦《へいたん》なルートには大勢の特別技能戦闘員を集中させて、何処を選ぼうとも容易《たやす》く目的地に辿り着くことは出来ないように作り上げている。

オルチーナが言った一番人数の少ないチームはちょうど平坦なルートを進んでいた。

向こうの陽動部隊はわざと罠を踏みまくって派手な動きを見せている。強力な門番を撃破すれば先に進むのは容易いが、室内戦に向かない【籠城喰い《ろうじょうぐ》い】がいる少人数では火力が弱い。

と、なれば残るルートが一番安全に進むことができるのでそこに指揮官を配置するだろう。敵の数は多いが逆に少人数だと隠れて進むのに丁度いい。

そこまで考えてふとチカチーナはオルチーナを見た。

「指揮官のところに確か【ワールドクラス】がいたような気がするのだけれど」

「居たわね【ワールドクラス】が。【猟犬狩人】達だとちょっと不味《まず》いかも？」

全く戦闘能力のない奴なら安心できたが、相手はごりっごりの戦闘向きだ。

何なら戦争を一人で担ってしまえるほどの莫大《ばくだい》な力の持ち主であることを二人は知っていた。たとえ不参加だとしてもそこにいるのだから、攻撃されれば反撃《はんげき》ぐらいはしてくるだろう。

明《あ》け透《す》けに言ってしまえば、やばくね？　って感じだった。いくら能力を制限しているといっても【ワールドクラス】だ。肉弾戦《にくだんせん》が苦手だなんて話は聞いたことがなく、むしろバリバリの肉体派のはず。

「これはもう向こうの指揮官が抑えてくれることを願うしかなさそうよ、チカチーナ」

「その通りだけれど向こうの指揮官が彼《か》の人を抑え込めるものかしらね、オルチーナ」

二人で顔を見合わせて、ため息を吐き出した。

6

「おっと」

曲がり角で【猟犬狩人】と鉢合わせした星名は大して驚いた様子もなく、のんびりとリリカの腕《うで》を掴んで引きずり戻《もど》した。

直前まで彼女《かのじょ》がいた場所に銃弾が撃《う》ち込まれる。

「痛い！　腕引《うでひ》っこ抜《ぬ》く気⁉　アンタなら出来る上にアタシはか弱いんですけど！」

「お前がか弱いかは疑問が残る」

「か弱いでしょうが！　丁重《ていちょう》に扱《あつか》いなさい！」

「丁重に扱った結果だよ。アレを顔面にでも受けたかったのか？」

骨張った指先がついと壁《かべ》を指さした。

真っ白なはずの壁はカラフルなネバネバに覆われている。ドロリと粘性《ねんせい》を伴《ともな》って液体が床《ゆか》に流れていくのが見えた。

「う、うぇぇ……」

「俺の服真っ白なんだぞ。嫌がらせを越《こ》えてる。何色でもぶっかけられたら大惨事な訳だが」

「【ワールドクラス】レベルの特別技能戦闘員《せんとういん》なんだから軽く回避《かいひ》してくれるのが当たり前だろう？　そもそも君、能力で全部回避できるでしょうし」

カトリのいうことはもっともだが、星名が能力でどうにかした場合、周囲の被害《ひがい》は甚大《じんだい》になる。流石にあんな気持ち悪い弾《たま》を吸収したくないので弾く方向になるだろう。そうなると自分にはかからなくても周囲に降り注ぐので辺り一面大惨事だ。

「まあそうなんだが」

「アレが【猟犬狩人】？」

「そうだ」

ちらりと見えた相手は犬耳フードを深く被《かぶ》った男女だった。顔は見えなかったが【猟犬狩人】で間違《まちが》いない。

「いきなり撃ってくるのは卑怯《ひきょう》でしょうが！」

「向こうもまさか鉢合わせするとは思っていなかったんだろうがな」

顔こそ見えなかったものの、驚《おどろ》いた気配があった。

狙いもブレているし、反射的に構えて撃っただけだろう。

「どうする。向こう側に待機されるとこちらは動けないぞ」

【猟犬狩人】をどかさない限り星名達《たち》は身動きが取れない。星名が動けば倒《たお》すことは簡単だが、彼の力には頼《たよ》れないときた。

「別ルートは？」

「他の部隊に合流するにしても此処から移動しないとどうしようもない。階段はこの廊下の奥。引き返していたら挟《はさ》まれて終わりだな。罠は確実にあるだろうし、待ち伏《ぶ》せしているだろうが突破《とっぱ》しないと先に進めないぞ」

廊下を確認すると【猟犬狩人】達は影《かげ》も形もなかった。

だが、左右の部屋にわかれて待機しているだろうし、まず間違いなく階段で出待ちをしているはずだ。

星名の指摘《してき》に眉《まゆ》を寄せたリリカはカトリを見た。

「指揮官さん、指示は？」

「んー。さてさて、どうしようか。【籠城喰い】は火力が強すぎるんだよね」

「建物破壊を前提としているから、ちょっとね。でもサイズ調整すれば壁を破壊する程度にすませることは可能よ。室内戦には向いてるかって言ったら向いてないけれど」

「決死の覚悟《かくご》で行っても良いけど、身体《からだ》の一部にペイント弾が当たれば死亡扱いになるかならなあ。本物の銃弾だったら致命傷《ちめいしょう》を避《さ》けて先に進めるのに」

「その代わり、室内戦なら肉体主体の格闘技《かくとうぎ》が中心だろう。同士討《どうしう》ちを避けるためにな。動きが止まったところで撃ち込む手筈《てはず》のはずだ。あまり派手にやり過ぎると違反《いはん》になるからな。一方的な蹂躙《じゅうりん》はない」

「あ、じゃあ良いのがあるわよ。室内戦向きのやつ」

「何かな？」

「アタシが新しく開発した、ハロゲンランプを装着したフラッシュライトよ!!」

腰《こし》につけたミニチュア攻城《こうじょう》兵器群の一つから取り出したのはランプの形をしたものだった。てて－ん、と口で効果音をつけながら、彼女はソレを顔の横に掲《かか》げる。

「非殺傷の、スタングレネードみたいなものかしら。アレと違って衝撃波《しょうげきは》はなくて、完全な目眩しだけの攻撃なんだけど。ド派手に光を放ってその間にこっそり侵入したりするのに使おうと思っていたのよね。あんまり破壊ばっかりして目立つのも悪くないけど、そればっかりだと手札がすぐ尽《つ》きちゃうし。元々室内戦向きに何か武器が欲しいとは思っていたから試《ため》したいわ」

「それは良いね。複数人に対しても有効そうだ」

確かに有効ではあるが、リリカの得意は攻城兵器だ。

前提が建物破壊であるのに、その規模に戻して使ったら人間なんて液体みたいに溶《と》けるほど発熱するのではないだろうか。

非殺傷といいつつ、なかなかの威力を持つはずだ。星名が好んでぶん回している熱エネルギーみたいな感じになりそうだが、さて、そこらへんは調整できるのだろうか？

きゃっきゃうふふと何やら楽し気に自慢《じまん》しているリリカを眺めつつ、星名は冷静にその非殺傷武器（自称《じしょう》）を分析《ぶんせき》していた。

「（あんなもん室内で振り回したら大惨事になると思うがなぁ）」


結果。

目眩しどころか、天井《てんじょう》に設置されている電球に何かしらの負荷《ふか》がかかったのか暴発が起こり、連鎖的《れんさてき》な爆発《ばくはつ》が起こった。

いきなり頭上から破裂《はれつ》したガラス片《へん》が無数に落ちてきた上、扉が軒並み吹《ふ》き飛ぶなんて事態に陥《おちい》った【猟犬狩人】は何が起こったか把握《はあく》するまでもなく全員気絶して地面に転がっている。

自称衝撃波はない、安全な目眩しはどこに行った。

なんかもう色々と言葉が出ない状況《じようきよう》だ。

見事なまでの大惨事。星名の想像通りになった。

ゴーサインを出したカトリもだが、実行犯のリリカも苦笑いどころか笑顔《えがお》が凍《こお》りついていた。

周りにいた一般兵士達も二人からガッツリ距離をとっている。

星名だけが冷静に呆《あき》れ半分、納得《なつとく》半分でその大惨事を眺めていた。

「まぁ、そうなるよな」

「言ってよ!!」

「別に聞かれなかったし。つーか、これアウトな範囲《はんい》攻撃《こうげき》だぞ。特別技能戦闘員だから気絶で済んでるけど、普通《ふつう》なら瀕死《ひんし》レベルだ。始末書モン。二人で」

「私もかい!?」

「当たり前だろ。ゴーサイン出したのお前なんだから」

星名が能力に制限をかけられているのと同じく、リリカ達特別技能戦闘員は全力を出すことを禁止されている。

あくまでも模擬《もぎ》戦であり、目的は一般兵との連携だ。指揮官を無事に目的地に送り届けるという内容からも殲滅よりも隠密に重きを置いた任務となっている。ド派手な爆発なんて目立つことは普通にルール違反であった。

別室でモニターを見張っているアナスタシアは今頃《いまごろ》頭を抱《かか》えていることだろう。

「こんだけ大きな音出したら居場所バレバレだし。ほら、とっとと移動するぞ」

どうせもうバレているだろうがわざわざ袋叩《ふくろだた》きにあう必要もないだろう。

個人的には指揮官のカトリだけ置いていきたい。変態は余計なことしかしないのか全く。

わなわなしているカトリを引きずりながら星名は面倒《めんどう》そうに口を軽く歪《ゆが》めていた。

7

「なんかおかしくないか？」

不意に真面目《まじめ》な顔をした星名が言った。

手出し無用なので必要最低限しか動かず、なんならポケットに手を突《つ》っ込《こ》んで怠《だる》そうに歩いていた彼は先程《さきほど》までの表情を一変させる。

大詰《おおづ》めの詰め、ちょうどそろそろ目的地に辿《たど》り着けそうな終盤《しゅうばん》でのことだ。順調に突き進《すす》んでいる部隊の一番先を進んでいたリリカが振り返って不思議そうに問いかける。

「何が？」

「急に音が、」

そう言って言葉を途中《とちゅう》で切った星名はぐ、と眉を寄せた。

先程からずっと音が異様なのだ。

何度か頭を振ったり、【星の歌】を弄って取り除《の》けないか試しているのだが、何故《なぜ》か弾けない。

ずっと反響《はんきょう》して酷《ひど》く不快だった。

細かく頭を揺《ゆ》さぶられているような、ガンガンと叩《たた》かれているような。頭痛すら引き起こされるほどだ。

「ああ、駄目《だめ》だ。うるさい、なんだこれ」

我慢《がまん》できずにヘッドフォンを装着する。

加減なしに発動させた【星の歌】が辺り一帯の音を相殺した。水の中に飛び込んだように全《すべ》ての音が一瞬《いっしゅん》で遠ざかる。

カトリが何かしらを叫《さけ》んでいたがその音も聴こえない。

「(聴こえなくなったな。可聴領域《かちょういき》、振動《しんどう》を感じさせないが危険なレベルの音。【星の歌】のようなものじゃない。となると【猟犬狩人】の能力の一部と考えるのが妥当《だとう》かな。俺にピンポイントで攻撃を仕《し》掛ける理由は?)」

星名を狙う理由なんてない。

手出し無用とはいえ、あまりにもねちっこいと苛立《いらだ》って潰《つぶ》すからだ。制限されていても能力を使わない理由にはならない。だから暗黙《あんもく》の了解として星名は除外されていた。余計なちょっかいをかけなければ何もされないのだから当たり前とも言える。

威力を調整して防音の結界を作り出す。

仲間を囲むように作った中で音を戻すとリリカが詰め寄ってきた。

「星名! 一体どうしたのよ?」

「音がおかしい。聴こえなかったのか?」

「は?」

きょとんと澄《す》んだ水色の瞳《ひとみ》を瞬《しばた》かせるのと星名以外の耳から血が垂れたのは同時だった。

パパン、と小さな音が連続する。指向性の強い音で鼓膜《こまく》を突き破《やぶ》らせたのだろう。

「なかなか悪趣味《あくしゅみ》だなぁ!?」

思わず叫んでしまった星名は慣れた手つきで指先を鳴らす。【星の歌】を調整して音を相殺させた。

立ち止まった彼らは周りを警戒する為《ため》、円形になった。名目上戦えないカトリを中心に置く。

その隣《となり》に並んだ星名は音を調整していった。頭に直接、星名の音が届く。

『聴こえるか？』

首にかけたヘッドフォンを軽く弄りながら、

『取り敢《あ》えず状況説明をするとお前達は今、全員漏《も》れなく鼓膜が破裂して音が聴こえない状態だ。俺のは骨伝導に切り替《か》えて伝えている。一方通行だから勝手に話すぞ。それでだな、音関係でいうと【猟犬狩人】の仕業《しわざ》だろう。でもこれはやりすぎな状況だ。此処《ここ》まではオッケー？』

こくこく、と頷きが返ってくる。

『で、だ。なんでいきなりこんなガチめの攻撃になってんだろうな？』

質問したところで誰《だれ》も知る訳ねーのだが、言わずにはいられなかった。

んん？　と首を傾《かし》げていた星名は、つぃとその色素の抜けた灰色の目を細めると突然《とつぜん》手首を閃《ひらめ》かせた。

無音で飛んできた輝《かがや》くものを骨張った指先がキャッチする。

『……本格的にどうなってんだ、【トゥルー・マザー】の教育は』

ダイヤモンドを切り出したナイフだった。

透明《とうめい》ながらも最高硬度《こうど》を誇《ほこ》るソレは装飾品《そうしょくひん》なんて可愛《かわい》らしいものじゃない。立派な投擲《とうてき》武器である。【直接掴んで】いないにもかかわらず、鋭《するど》い音を立てて複数の切り傷が星名の手のひらに刻まれた。

向こうの能力だろう。【猟犬狩人】とは違《ちが》うし、宝石を使用しているので【宝石妖精】と呼ばれる特別技能戦闘員の仕業だ。【猟犬狩人】がやられた報復にしてはやり過ぎだ。気絶していない者をかき集めて指向性の音を飛ばし、動けなくなって立ち往生したところを【宝石妖精】を攻撃する、といった作戦だろうか。

音を消すならまだしも鼓膜を破る、不意打ちでナイフを投擲するなどどう考えても殺しに来ている。

『随分《ずいぶん》本気だな』

呑気《のんき》な声を上げて星名は軽くナイフを握り潰した。

硬質《こうしつ》な音を立ててダイヤモンドが砕《くだ》かれる。

リリカの口がもにょもにょ動いた。目ざとくそれに気付いた星名は片眉を吊《つ》り上げる。

『おい、誰がゴリラだ。聞こえているんだからな』

あとゴリラと言うなら隣にいるカトリのような男を指すのだ。能力に頼る星名と違い、彼は自前の腕力《わんりょく》でリンゴだろうがなんだろうが軽く握り潰せてしまう。アレをゴリラと言わずになんと言うのか。

ムスッとしたまま八つ当たりのように腕を上下に振《ふ》るうと凄《すさ》まじい衝撃波が辺りをなめる。

味方だけを綺麗《きれい》に避《よ》けて、無音の中、狙《ねら》いを定めていた【猟犬狩人】と【宝石妖精】が纏めて地面に転がった。

一般兵士達が慌《あわ》てて銃を構えるが、既に星名が全部片付けたあとだ。

『無線も潰されて使えない。計画的な犯行だな。軍事演習があると知ってて作戦を組み立てている。油断させて途中で襲《おそ》うとは。誰が作戦立案者かな？　まぁ、向こうの指揮官の【二位一体】に直接聞けばいいか』

ある程度任務はこなしていると見せかけて途中から本気で攻撃をする。なかなかに姑息《こそく》というか、いやらしい手を使ってくる奴らだ。

個人的には相手をするのが面倒なので好きではない。

罠を張られると正面から踏《ふ》み倒す、みたいな対処法になってしまうので。何せ面倒くさい。潰してしまえば全部一緒《いっしょ》だろうとは思うが、そうすると割と周りの被害を考えない方向になる。気にしないけど。

『どーこーにーいーるーのーかーなーあー』

無駄《むだ》に間延びさせた音を撒《ま》き散らし、星名はその手にエネルギーの塊《かたまり》を出現させた。

触《ふ》れれば即死《そくし》どころか即《そく》蒸発する高密度のソレを棒状に伸《の》ばすと目の前の重厚《じゆうこう》な扉をあっけなく溶かす。

ドロリと粘性を伴って金属が溶け落ちていくのが見えた。それで終わらず、彼は周りの部屋ごと分断していった。

味方を綺麗に避けているのは流石《さすが》だが、真横を通過されるエネルギーに兵士達の顔は引き攣《つ》っていた。

恐怖《きょうふ》で動けないのは彼らにとって幸福だろう。星名としても下手に動かれると流れに巻き込んでしまうので動かないでいられるのはありがたい。

暫《しばら》く無造作に辺りに破壊《はかい》を撒き散らしていた獣《けもの》は緩《ゆる》く首を傾《かたむ》けて、

『んー？　ここら辺にはいないのか。リリカ、あと任せた。主にそこのど変態を。カトリ、お前も指揮官ならちゃんと指揮を取れよ』

『何処に行く気？』

音のないリリカからの質問に星名は答えてやる。

『そりゃあ、お前。決まってんだろ。【二位一体】の双子《ふたご》ちゃんの所だよ』

『ちゃんと生け捕《ど》りにしてくるんだよ、【銀の惑星】。死体まで吹き飛ばすのはナシだ』

音が聴こえない足手《あしで》纏《まと》いは置いていく、と暗に告げた星名に一つ頷いたカトリはそれだけを命令した。

非常事態であるし、カトリもそれが最善だと判断したのだろう。賢明《けんめい》だな、と一つ頷いて了承《りょうしょう》を返した星名は指を鳴らして【星の歌】を解除した。

リリカと軽く拳《こぶし》を突き合わせると、彼は部隊を置いて走り出した。

８

何処もかしこも無音だった。

不自然なまでに音がない。ジャングルの時と同じように。

『せ・ん・ぱ・い☆』

曲がり角で立ち止まったその時、甘《あま》い匂いと共に柔《やわ》らかな腕が首に絡《から》み付いた。

声のない吐息《といき》が耳元で囁《ささや》く。

驚いた様子もなく、星名は淡々《たんたん》と言った。

『あんまり気配消してくるなよ、クラウディア。間違って殺したらどうする』

『うふふ、せんぱいならそんなことはしないって知ってるんですよぉ？　ちゃんと気付いていたくせに☆』

クラウディアだ。妖艶《ようえん》な小悪魔《こあくま》は絡み付けていた腕を解くといつものように後ろ手に両手を組む。

はぁ、と一つため息を吐《は》き出した星名は指を鳴らした。瞬間《しゅんかん》、クラウディアを【星の歌】で包むと互《たが》いだけに聴こえる空間が出来上がる。

『お前んとこの部隊は？』

『全滅《ぜんめつ》です。いきなり無音になったと思ったらいつの間にか誰もいなくなってて、とってもビックリしました』

『耳は？』

『無事ですよ。異常はありません。任務の為に能力を発動させていたのが有利に働いたようです』

【猟犬狩人】は音を使って狩《かり》をする。クラウディアの方が能力が上なので鼓膜を破られる事態は避けられたようだ。

鼓膜を破る為には指向性の強い音を当てなければならない。彼女の欺瞞《ぎまん》を破れない時点で彼女は攻撃範囲《こうげきはんい》から外れたのだろう。

『場所はわかるか？』

『ええ。わたしも向かう所ですから、ご案内しますよ』

甘い笑《え》みを浮《う》かべたクラウディアの柔《やわ》い手が星名の手を掴む。そのまま するりと指を絡められた。

『手を繋ぐ必要あるか？』

『まぁ、なんて乙女心《おとめごころ》のわからない人！　そんなところも好きですけども。此処は黙って繋がれておく所ですよ？』

『戦闘中《せんとう》だぞ。俺《おれ》が不意打ちに対応して能力使ったら手が溶ける。今はやめろ』

『守ってくれる前提というのはとても嬉しいですが、大丈夫《だいじょうぶ》ですよ。わたしの能力で誰にも見つかりませんから』

『……そういう問題じゃない、って言っても聞かないか。せめて腕にしろ。俺が落ち着かないよ』

『まあ、まあ！　ふふ、うふふふふ』

心底嬉《うれ》しそうに何やら笑い出したクラウディアは素直《すなお》に星名の腕に引っ付いた。女子特有の甘い匂いが鼻をくすぐる。

『よし、行くぞ』

『はぁい』

クラウディアの能力によって誰にも気づかれることなく先へ進むことができた。

特別技能戦闘員である【宝石妖精】や【猟犬狩人】であったとしても彼女の欺瞞を暴《あば》くことはできない。

堂々と歩いていても、真横を通ったとしても、誰一人《だれひとり》として彼らには気づかなかった。

恋人《こいびと》に引っ付くように密着しながらクラウディアは囁いた。

『ねえ、せんぱい』

『なんだ？』

『せんぱい一人だったらこの敵だらけ、密集地帯をどうやって抜けるつもりだったんですか？　反逆というか、色々ありそうな部隊ですけど暫定《ざんてい》味方ですよ？』

『真正面から踏み倒すに決まってんだろ。なんでわざわざ相手の土俵で相手に合わせて戦う必要があるんだ？　まだるっこしい』

世界最強の人は言うことが違った。

こそこそ隠《かく》れる必要なんてないのだ。真正面から火力勝負で倒せばいい。

圧倒《あっとう》してこその【ワールドクラス】だ。だいぶ身体も回復してきたことだし、肩慣《かたな》らし

として手加減しつつというのも悪くないと思っていた。

『此処ですね。【二位一体】が指揮を取っている部屋は』

一見すると何の変哲《へんてつ》もない部屋だった。

わざとわかりにくいようにしてあるのだろう。探すのが面倒になるように星名達の目標地点から離《はな》れた場所にあった。

『流石に扉《とびら》を開けるとバレますが、どうしますか？』

『ぶっとばーす』

具体的に言うなら扉をぶっ飛ばした。

わざわざ通り道を作って侵入者《しんにゅうしゃ》が来ればわかるようにしてあった廊下《ろうか》、壁、を通り越して扉を吹っ飛ばして扉から侵入者が来れば誰だってびっくりするはずだ。

驚いて一瞬でも固まれば星名が中に踏み込める。

彼がいれば逃走《とうそう》することは不可能だと相手は理解するだろう。

「ご機嫌《きげん》よう、【銀の惑星《わくせい》】」

「初めまして、【銀の惑星】」

血臭《けっしゅう》がした。

むせ返るような血《ち》なまぐさい、鉄錆《てつさび》と死の匂いが。

血溜《だ》まりと死体の山の奥《おく》、双子の少女が手を繋いで立っていた。よく似ているが纏う色は反対だ。

死体は【猟犬狩人】と【宝石妖精】、あとは補助として入っていたオペレーターが何人か。どいつもこいつもキラキラしていた。何か視覚的なエフェクトか何かを使っているのかと思ったが、違う。

文字通り、本物の宝石が砕かれて死体の上に広がっていた。それが光を反射してキラキラしているのだ。

「久しぶりですね、お姉様」

「ご機嫌麗《きげんうるわ》しゅう、お姉様」

「チカチーナ、オルチーナ」

【二位一体】の双子。どちらがチカチーナで、どちらがオルチーナかはわからない。

ぱっと見たところ、特に不自然な点は見受けられなかった。何かに操《あやつ》られている様子もない。

普通に立っている。だからこそ、異様だった。

仲間の死体の山を踏んで。血の匂《にお》いを纏わりつかせて。

当たり前の顔で互いに手を繋いで立っていた。

星名は灰色の瞳を細めると、問いかける。

「自分が何をやっているのか、自覚はあるよな?」

「ええ、勿論《もちろん》。意識はしっかりとしています」

「ええ、当然。誰かに操られてなどいません」

不思議な会話のやり方だった。

二人で一つ、という特異性故か、それとも双子であるからか。

「じゃあ、有罪ってことで」

あくまでも星名は軽かった。

彼は軽い調子で手のひらにエネルギーを出現させる。

「安心しろ、殺しはナシだ。指揮官様からも生捕《いけど》り命令が出てるんでな。安心かつ安全なところでオハナシしようぜ?」

抵抗《ていこう》されると手足の一本ぐらいは吹き飛ぶかもしれないけどな、と付け加えて彼は手足に光を纏う。

クラウディアは敵と認識《にんしき》した時点で会話を諦《あきら》めていた。

彼女は音もなく、瞬時《しゅんじ》に気配を消し、風景に溶け込むと彼の邪魔《じゃま》にならないようにその能力を発動している。万が一にも逃《のが》さないように出口を封鎖《ふうさ》し、逃《に》げ出そうとすれば気絶させるつもりだろう。

【二位一体】、彼女達について知っていることはほとんどない。双子の姉妹で二つで一つの能力である、ということだけだ。他はすべて部外秘であり、星名ですら把握していない。

これは彼女達が諜報員《ちょうほういん》という立場であることと【ワールドクラス】、教育専門の【トゥルー・マザー】直属の部下であることが原因だ。

味方であっても信用しない。もしも敵に回ったら？　もしも拷問《ごうもん》などによって情報を漏らされてしまったら？

そういったもしも、を徹底的《てっていてき》に排除《はいじょ》していないと不安なのだ。能力がバレてしまうと対策を取られるから。だから不特定多数に情報が漏れることがないように信用できる仲間内でのみ能力を知ることができる。

それ以外を信用しない、というスタイルを取る。

ただし同じ諜報員でもクラウディアは所属している部隊が第六〇八である為、情報が開示されている。

だから、星名も知らない。

クラウディアなら知っているだろうが【トゥルー・マザー】から情報を漏らさないように徹底《てってい》した【教育】がなされているはずだ。聞いても無駄だろう。

「あら、とても怖《こわ》いわ、オルチーナ」

「そうね、恐《おそ》ろしいわ、チカチーナ」

「『だから、これは正当防衛よね？』」

形の良い唇《くちびる》が同時に動く。互いに握《にぎ》り合った手に力がこもった。その手が持ち上がるより前に。

能力が発動する前に。星名の手は迫《せま》っていた。

9

ぴたりとその手が止まっていた。

何処《どこ》からかクラウディアの声が聴《き》こえる。

「シャルロット、お姉様……？」

星名の腕が双子に触れる前に不自然に停止している。まるで壁一枚を隔《へだ》てて無理やり止められているような、絶対的な壁があった。魔《ま》法《ほう》のような弾《はじ》かれ方だ。

とん、と床を蹴《け》って、すぐさま距離《きょり》を取った星名は自分の手を見下ろした。攻撃《こうげき》する意思もある、動くこともできる。だがそれが結果を生み出す前に止められていた。

「あ、れ？　チカチーナ？」

「あ、ら？　オルチーナ？」

　よく似た顔が何度も何度も目を瞬かせる。互いの顔を見やる彼女達《かのじょたち》の前には一人の女性が立っていた。

　彼女に触れる直前に星名の動きが止められていたのだ。攻撃が出来るはずなのに何故か触れる直前、自身の動きが止まってしまう。

「お前、」

　庇護《ひご》欲を掻《か》き立てる女だった。燃える炎《ほのお》のような赤毛に、榛《はしばみ》色の目は大きく、全体的な雰囲気《ふんいき》としてはか弱く見える。

　荒事《あらごと》には向いていない、深窓の令嬢《れいじょう》にも似た雰囲気があった。

「何故、お姉様、どうして……？」

　知り合いの分、クラウディアの声が呆然《ぼうぜん》としていた。双子と敵対していた時よりも動揺《どうよう》しているようだった。お姉様、というからには彼女もまた【トゥルー・マザー】の子飼い、直属の部下だろう。

　それもクラウディアより優秀《ゆうしゅう》な。

「理由を、聞いた方がいいか？」

ふん、と鼻で笑われた。見た目の割に随分と気の強い女性のようだ。

「目的は達成したわ。故に、洗脳は解いた。わたくしの可愛い妹達。利用したのは申し訳ないとは思うけれど、後悔《こうかい》はない」

油断なく、色素の抜けた灰色の目で見つめながら、星名は問いかける。

「一応聞いておこうかな。投降する気は？」

「ある訳ないでしょう。ここまでしておいて」

星名も答えを期待していた訳ではない。

いつぞやのギルカルテの時とは違い、彼女には明確な敵対意識があった。復讐心《ふくしゅうしん》と言ってもいい。あらゆるものに対しての敵意と憎悪《ぞうお》がその大きな瞳で燃えていた。何の警戒《けいかい》もない仕草で緩く両腕《りょううで》を組むと榛色の目をゆっくりと瞬かせる。

「【トゥルー・マザー】に、お母様に伝えなさい。わたくしはあなたの道具から解放されたとね」

「素直に逃がすような奴《やつ》だと思われてるのかな、俺は」

「あなたにわたくしは攻撃出来ないわ。あなたが強ければ強いほど、ね。伝言係は必要でしょう。生かしておいてあげてるの。わかるかしら？」

上から目線な言葉に星名の殺気が膨《ふく》れ上がった。だが、触れない。どう足掻《あが》いてもあと一歩が踏み出せないのだ。クラウディアも同様のようで、その場に縛《しば》り付けられているように固まっている。

「(攻撃、捕縛《ほばく》もかな。意識しても動けない。どんな能力だ?)」

「お姉様? これは一体どういうことなのかしら?」

「お姉様、この状況はどういうことなのですか?」

双子が囀《さえず》る。無防備に星名に背を向けて彼女達に向き合った女は冷徹《れいてつ》な声で言い放つ。

「ありがとう、オルチーナ、チカチーナ。あなた達のお陰《かげ》でわたくしは【猟犬狩人】も【宝石妖精《ようせい》】も潰せたわ。お母様の計画もね」

パチン、とその細い指先が鳴らされるとまるで糸を切られた人形のようにその身体が崩《くず》れ落ちた。地面に倒れる前に星名が回り込むと双子を両腕で支え、女から距離を取る。

いつの間に手にしていたのか、その掌《てのひら》には大振《おおぶ》りのナイフが収まっていた。

回り込んできた星名に彼女は声をかける。

「あら、意外ね。さっきまでこの子達を殺そうとしていたのとは大違《おおちが》いじゃない」

「殺そうとはしていないさ。大人しくしてもらおうとしただけだ。ぶっちゃけ、今はお前の方を殺した方が良いかもなぁって思ってるけど」

「無理よ」

即答《そくとう》だった。

驕《おご》りではない、ただ事実だけを告げている声。星名という強者を前にして、はっきりと彼女《かのじょ》は言った。

「言ったでしょう。わたくしが、殺さないでおいてあげているの。あなたはわたくしを殺すことはおろか、攻撃することすら出来ないわ。わかっているのではなくて？」

「ああ、そうだな。今、攻撃出来てないからなぁ。でも、そこまで最強ちゃんってのは初耳だなぁ？　こっちは仮にも世界最強を名乗ってんだけど」

死体の山が転がっている中に双子を放《ほう》り出すわけにもいかず、星名はじりじりと出方を窺《うかが》っていた。

攻撃を受けても対応できるだろうが、こちらから攻撃出来ない以上、距離を取るしか出来ることがない。

能力がわかれば対策も取れるのだが。

「目的は？」

「【クリエイティブ・リスト】」

隠す気はないのか、問いかけると彼女はあっさりと目的を明かした。

びっくりしたのは星名の方だ。それは、極秘事項《ごくひじこう》のはずだ。

「なんでお前がそれを知っている？」

「答える義理なんてないわ」

にべもなく切り捨てた彼女は燃えるような髪《かみ》を軽く払《はら》う。

優《やさ》しげな瞳は憎悪に染まっていた。

「わたくしは、わたくしの為に。やりたいことをやるだけよ」

誰かに告げるというよりかは、自分に言い聞かせているような声だった。

そのまま誰に止められるでもなく、煙《けむり》のように姿を消した。わかっていても妨害《ぼうがい》すら出来ない。

数分、【星の歌】を展開して警戒していた星名だったが両腕に双子を抱えたまま虚空《こくう》に呼びかける。

「クラウディア」

「はい、せんぱい。此処に」

真横から甘い声が響《ひび》く。

優雅《ゆうが》に髪を靡《なび》かせてクラウディアが姿を現した。その表情は珍《めずら》しく強張《こわば》っている。

「アイツは？」

「既《すで》にいません」

「何者だ？」

「シャルロットお姉様。わたし達《たち》、実子枠《わく》の諜報員の中でも一番上のお姉様、とされています。わたしは二番手、あの人が相手ではわたしも勝てません。諜報員としての能力も彼女の方が上手ですね。今から追跡《ついせき》しても撒かれて終わりでしょう」

「長女か。【トゥルー・マザー】宛《あ》ての伝言を残すあたり私怨《しえん》かな。一応聞くけど【クリエイティブ・リスト】、という単語に心当たりは？」

「ありません。なんですか、その厨二《ちゅうに》くさい感じの名前」

「特別技能戦闘員《せんとういん》専用の能力リストのことだよ。【ワールドクラス】の中でも治安、教育、情報、防衛の担当ぐらいしか知らない」

「教育、ってことは……」

「【トゥルー・マザー】が抱えてる情報だろうな」

さらりととんでもない事実を投下しつつ、星名はクラウディアの言葉に頷《うなず》いた。それ以外に考えられない。

「というかそんな機密情報をせんぱいは知ってるんですか⁉」

「お前、俺を何だと思ってるんだ？【ワールドクラス】なんだが」

世界に数人しかいない、世界最強の一角である。特別技能戦闘員についてなら結構色々な権限を持っているのだ。これぐらいで驚《おどろ》かれると逆に此方《こちら》が驚く。

「取り敢えずアナスタシアとカトリのところに戻《もど》るぞ。報告とか色々しなけりゃならないし」

特に【トゥルー・マザー】の件だ。

あいつ、情報だの何だのガバガバ過ぎではないだろうか。情報管理どうなってんだ。

10

怒号《どごう》が飛び交《か》っていた。

『一体どうなっているのかね？　諜報員の教育がボロボロな状態の上に機密情報まで盗《ぬす》み出されるとは』

『【トゥルー・マザー】の教育の問題だろう、呑気に能力低下の確認《かくにん》などしているよりもすぐさま格下げすべきだったのだ』

『【無重力システム】からの報告が既に間違《まちが》っていた可能性は？　【トゥルー・マザー】の能力は危険極《きわ》まる。アレが裏切っていない保証はない。今ある問題は全て【トゥルー・マザー】の管轄《かんかつ》だ』

『ならば処刑《しょけい》を実行するのはいかがか？』

『それはいささか性急すぎる。能力の解除方法は本人しか知らない。聞き出したとしても虚偽《きょぎ》の報告をするかもしれん。死んでも残るものであればどうなる？　教育の範囲《はんい》は大きいぞ。被害《ひがい》は計り知れない』

『カトリ指揮官、報告では問題ないはずだったのでは？　今のこの状況はどうなっているのですか。説明を求めます』

アナスタシアが使っていたモニタールームだった。

今は軍の上層部と繋《つな》げられ、報告を直接あげる会議室になっている。問題になっているのは【トゥルー・マザー】の部隊なので、相手役の部隊の指揮官であるアナスタシアは吊《つる》し上げにかかっていない。

彼女の部隊を代わりに指揮していた指揮官ことカトリ・シーモンが吊るし上げにかかっていた。

アナスタシアが憐《あわ》れみの目を向けた先で罵倒《ばとう》を受けても笑顔《えがお》を絶やさない、胡散臭《うさんくさ》い男がにこやかに口を開く。

「そう言われましても。私としても何故こうなっているのか説明出来かねます。確かに今回の作戦で問題なしと実行をお願いしたのは私ですが、これはイレギュラーというべきでしょう。【トゥルー・マザー】の問題は確かにあります。ですがそれは彼女の教育が問題なのか、はたまた彼女の能力が下がったのかを確認する為の軍事演習です。彼女自身が軍を裏切った、裏切っていない、という話ではない。あくまで彼女の部下の話であり、能力の話では？　【トゥルー・マザー】、もしくは彼女の部下が裏切った責任を私に問われても困ります」

それもそうだ。カトリはあくまで彼女の能力の問題点を探すために派遣《はけん》されているのだから、裏切りの話とは無関係だろう。誰かが聞いた。

『【トゥルー・マザー】は裏切りを？』

「そこのところはどうなんです？　監視《かんし》体制を敷《し》いているんでしょう？」

『……【トゥルー・マザー】は監視下に大人しく収まっています。彼女が裏切ったのであれば、逃亡《とうぼう》、もしくは釈明《しゃくめい》、能力を多用した保身に走るはず。処刑の危機も理解していながら、疑われていることを知りながら待機している時点で容疑者からは外すべきでしょう。死んでも構わない、という決意のもと裏切ったのであれば賞賛しますが。責任問題は発生しますし、処罰《しょばつ》は下します』

フードを深く被《かぶ》った、性別不明な人物だった。アナスタシアは壁際《かべぎわ》に寄って、ペンをくるくると指先で回しながら頭の中で資料を掘《ほ》り起こす。

【無重力システム】。彼女の部隊に所属する【銀の惑星】と同じ存在。資料によれば確か【ワールドクラス】のリーダーだったか。

星名のような一癖《ひとくせ》も二癖《ふたくせ》もある【ワールドクラス】達をまとめ上げているだけあって、彼《かれ》(もしくは彼女)の言葉には圧があった。逆らうことを許さない絶壁《ぜっぺき》の圧が、上層部の狸《たぬき》ジジイどもを黙《だま》らせていく。

さて、どうなるのやら、と思った時。

「おい、役立たず共」

身も蓋《ふた》もない言い方で【銀の惑星】が突撃《とつげき》してきた。礼儀《れいぎ》も何もなく、彼は躊躇《ためら》いなく扉を開ける。

突然の侵入者に一気に怒鳴《どな》り声が彼に浴びせられた。

『何用だ、【銀の惑星】! 貴様に入室の許可は出ていない!』

「俺だって好きで来てるわけじゃねぇよ。無能な豚《ぶた》は黙ってろ」

口が悪いにも程《ほど》があった。

仮にも上層部の人間に対して此処まで明《あ》け透《す》けな悪口を出すのも珍しいといえば珍しい。

そんな口も悪いし、態度も悪い少年を咎《とが》めもせず、【無重力システム】が静かに促《うなが》した。

『要件を』

「【クリエイティブ・リスト】が流失している。至急確認を」

『事実ですか?』

驚いたような声があがった。無感情を貫《つらぬ》いていた【無重力システム】を驚かせる何かがあったらしい。

苛《いら》ついているらしい星名は口悪く吐き捨てる。

「こんなクソつまんねぇ嘘吐《うそつ》くかよ。俺の予想だと【トゥルー・マザー】が抱《かか》え込《こ》んでる情報だけだろうが、確認不足で情報漏洩《ろうせつ》とか笑えないしな」

これぱっかりは直接言うのが良いって判断だよ、と続けて彼は緩く首を傾ける。アナスタシアはそこで慌てて声をかけた。聞き捨てならない単語が今飛び出した気がする。

「ま、待て。【クリエイティブ・リスト】とは何だ? 私は知らされていない」

「知らなくて当然だ、知る必要がないものだからな。むしろ知ってたらやばい」

『名前自体を知っていても見る権限はあなた方にありません。我々、特別技能戦闘員、【ワールドクラス】の中でも限られた者だけに配られている情報となっています』

「私は?」

カトリが自分を指差して星名に聞いていた。

「【クリエイティブ・リスト】は特別技能戦闘員が上げている報告書のまとめだ。お前に必要か？　見てもわかんねぇだろ」

『【銀の惑星】、あなたのリストは問題なかったのですか？』

「俺の頭ん中にあるから問題ないよ。あのリスト貰《もら》ったら基本的に全部燃やすし」

相変わらずとんでもない記憶力《きおくりょく》だった。

彼の言葉が嘘でも、誇張《こちょう》でも何でもなく言葉通りであることは知っていた。何なら紙でも渡《わた》せば一字一句間違いなく綺麗に写したものを提出してくる。

『残りの【ワールドクラス】に関しては此方から確認しておきましょう。追ってまた連絡《れんらく》します」

「了解《りょうかい》。邪魔したな」

入ってきた時と同様、誰にも邪魔をさせずに自分の目的を果たした少年はひらりと手を振って扉を開いた。思い出したように首だけ振り返った彼はカトリに向かって言う。

「カトリ。耳の治療《ちりょう》をさっさとしないと悪化してマジで聴こえなくなるぞ」

「初耳だなぁ!!　怪我《けが》をしているなら報告して治療にあたれ、愚か者《おろかもの》!!」

道理であんまり喋《しゃべ》らないはずだった。吊るし上げにかかっている為《ため》かと思っていたが、負傷が理由だったとは。そもそも耳を負傷しているなんて報告は聞いていない。

慌てて、アナスタシアはカトリを医療部《いりょうぶ》に引っ張っていく羽目になった。

11

「せ、せんぱいが籠絡《ろうらく》されてるぅぅぅぅッッ!!」

頼《たよ》れる後輩《こうはい》、妖艶なる諜報員のクラウディアちゃん、渾身《こんしん》の絶叫《ぜっきょう》であった。

星名の左右に双子がひっついている。

モノクロトーンな三人が並ぶと恋人同士というよりかは兄妹《きょうだい》に見えるのだが。

絶叫された星名はといえば気にした様子もなく、

「リリカ、耳の調子は？」

トントン、と此方が聴こえない場合を考えてわざわざ指で示してくれる彼に視線を向けて、リリカは一つ頷いた。

「問題ないわ」

「リリカちゃん!?　それより気になるビジュアルがあると思うんですけど！　具体的な感じで言うとそこの双子とか！　せんぱいの腕《うで》にくっついてる双子とか！」

「あら、二のお姉様、なかなかに辛辣《しんらつ》ですね」

「そうね、二のお姉様ったら珍しい姿ですわ」

家族に見せる顔と他人に見せる顔とがごっちゃになっているらしい。いつも小悪魔な感じのクラウディアとか何処《どこ》にもなかった。

わたわたしている諜報員を放置して、リリカは双子を指差す。

「じゃあ聞くけど。そこの双子ちゃん誰《だれ》よ?」

「私はオルチーナ」

「私はチカチーナ」

「二人で一つの特別技能戦闘員で」

「【二位一体】と呼ばれているわ」

交互《こうご》に口を開いていく。

どちらか一つの声は重要ではなく、互いの言葉を聞いて一つの意味を持つように会話を成立させていた。

「アタシらの耳吹《ふ》っ飛ばしてくれた奴?」

「吹っ飛ばしたのは【猟犬狩人】だ。洗脳されて、したのはそいつらだが。最も、それも全部シャルロットとやらの仕業《しわざ》らしいがな」

「あれ、そういえばその【猟犬狩人】ってどうなったの?」

「誰かさんが気絶させた奴ら以外は死亡が確認されている。人員を補充《ほじゅう》するにしても、能力を別方向に移動させるにしてもデビューまで時間がかかるだろうぜ」

「あ、そっか。今回の任務はお披露目《ひろめ》前の確認だったわね」

本番の戦場に向かう前にどの程度戦えるのかを確認する為のテストだ。裏で色々と思惑《おもわく》があったにせよ、表向きの任務としては終了《しゅうりょう》している。

ぽん、と納得《なっとく》に手のひらを鳴らすと左右に双子をくっつけたままの人がにこやかに言った。

「そうだな。でも全滅したからといって始末書はなくならないから覚悟《かくご》しておけよ？」

「マジか」

嫌《いや》なことを思い出させやがって。

じっとりとした視線を送っても涼《すず》しい顔は崩れない。面倒《めんどう》くさい始末書は確定しているらしい。

不意にパッと顔を上に向けた星名が柔らかな声を出した。

「スカイ」

同時にほとんど音もなく、大きな羽を羽ばたかせた真白の梟《ふくろう》が彼の左肩《ひだりかた》に着地した。太い鉤爪《かぎづめ》が星名の肩《かた》を掴《つか》む。つんつんとスカイは星名の髪を食《は》んだ。

しばらく好きなようにさせていた彼は梟を嗜《たしな》める。

「ほら、遊んでないで」

嗜められた梟はといえば、大人しく肩から居なくなると彼らの近くにあった椅子《いす》の上に綺麗《きれい》に着地した。左右で色の違《ちが》うオッドアイが一度瞬《まばた》く。何か言いたげな表情をする獣《けもの》に苦笑《くしよう》して星名が手を伸《の》ばしてやった。

嘴《くちばし》あたりを撫《な》でてやるとスカイは心地《ここち》良《よ》さそうに目を閉じた。

「あんまり構ってやれなかったからな。拗《す》ねてるのか」

「今回の任務には不参加だったのね」

「室内戦には向かんだろ。何か破片《はへん》が飛んできて怪我をする可能性は高いからな。外ならどうにかなるだろうが、室内だと逃げる範囲は限られる。飛んでるなら狙《ねら》い撃《う》ちだ」

くるくると喉《のど》を鳴らす梟を見て、

「【銀の惑星】、私達を忘れてはいないかしら」

「【銀の惑星】、私達を撫でる権利をあげるわ」

服の裾《すそ》を引っ張って少年の気を引く双子《ふたご》。

出会って間もないはずなのだが何でそんなに懐《なつ》くようになってしまっているのだろう？

そして、普段《ふだん》ならきゃんきゃん噛《か》み付くリリカが大人しくなっている原因、自分より大人気ないクラウディアが叫《さけ》んでいた。

「オルチーナ、チカチーナ!!　離《はな》れなさい、二人とも！」

「どうしてですか、二のお姉様」

「私達にとって必要な人間です」

「不必要でしょうが！」

「いいえ、お姉様。だって彼はとっても強いんですよ？」

「そうよ、お姉様。私達のことを守ってくれる存在です」

「ねぇ、オルチーナ」

「えぇ、チカチーナ」

ぎゅぎゅう！　と左右から星名の腕に引っ付く。クラウディアの矛先《ほこさき》が星名に向いた。

「せんぱい！」

「いや、離れられると困る」

援護《えんご》してくれると思ったら容赦《ようしゃ》ない攻撃に沈没《ちんぼつ》する諜報員。

役に立たないなぁもう、と呆《あき》れつつ、どういうことかとリリカが質問すると、

「この状況《じょうきょう》でこいつらに離れられるとどういう影響《えいきょう》が出るかわからないから。暴走した時に止める為にもそばにいてくれた方が助かる」

想像以上に真面目《まじめ》な答えが返ってきた。

思わず納得してしまう。そういうことなら文句を言っても仕方ないだろう。なんか少年の雰囲気的にも安全っぽい匂いがするし。

あと文句を言ってもしょうがなさそうだ。本人にやめさせる気が微塵《みじん》もない。

「なんで、なんでですかぁぁぁ!!」

とりあえず今はこの大きな駄々《だだ》っ子をどうにかして宥《なだ》めることである。

女の独白3

身がすくむほど怖いということを、初めて知った。

恐怖《きょうふ》の味は強烈《きょうれつ》で、忘れられないものになった。

怖い、怖い。怖いことが、こんなにも鮮《あざ》やかにあるなんて。

ずっとすり潰《つぶ》してきた感情のどれをとってもこの恐怖には敵《かな》わないだろう。それほどの恐怖だった。

でもそれを拒否《きょひ》することは出来なかった。

拒否すれば私がもらった居場所を失うことになる。それは嫌だった。

私が初めて手に入れた安住の地。
愛がなくても愛があるようなフリができる。私を慕《した》ってくれる子がいる。
私みたいな欠陥品《けっかんひん》でもちゃんと家族になれるんだって。

だから私は私を消してでもやらなければならない。
汚泥《おでい》の海に沈《しず》んでも、地を這《は》い、血を啜《すす》り、どれほどの屈辱《くつじょく》を受けようとも。
恥辱《ちじょく》すら飲《の》み込んで、陵辱《りょうじょく》を笑って受け入れよう。
完璧《かんぺき》な笑《え》みを浮《う》かべてそれすら私の武器にして見せよう。
そうすれば私は私でいられるはずだから。

でもどうか。

どうか誰も知らないでほしい。
痛みも恐怖も、あらゆる汚濁《おだく》を飲み込むから。

飲み込んで、それでも笑ってみせるから。

たった一つの、私の願い。

第四章▼ ▲異世界://ゴーストタウン捜索作戦

1

作戦会議を行うということで星名《ほしな》、リリカ、クラウディアを含《ふく》めた第六〇八部隊は会議室に集められた。巨大《きょだい》なプロジェクターを背に、アナスタシアが声を張り上げる。

「現時刻をもって諜報員、特別技能戦闘員シャルロット、個別識別コード【LOSER】は明確に敵対意識が確認された！　これより先の扱《あつか》いは敵であり、仲間ではない！」

彼女の宣言は国連軍の総意だった。これより先、彼女に対して協力することは軍への裏切り行為《こうい》となる。

それよりも気になったことが星名にはあった。

「シャルロットってクラウディアみたいな欺瞞《ぎまん》か迷彩《めいさい》の能力を持っているのか？」

「いいえ。それは無いと思います。ソレはわたしの専売特許ですから」

「考えられるのは異世界からの協力者、ってことになるわよね」

「あるな。そもそもGPSが機能していないのもおかしい。どうやって一人で軍の包囲網《ほういもう》を突破《とっぱ》した？」

「異世界の能力なら可能か。此方に気付かれずに逃げることぐらいなら余裕《よゆう》だろう」

「それって【クリエイティブ・リスト】を持ったまま逃げているシャルロットと一緒《いっしょ》に行動しているよね。やばくないの？」

リリカの質問にアナスタシアは真面目な顔で頷いた。

「ぶっちゃけて言おう。マジでやばい。だから急いでいるのよ」

「それにしても個別識別コードが負け犬《ルーザー》？　随分《ずいぶん》と悪意的な名前じゃないか」

「そうね。名前は自分でつけたそうよ」

「自虐的《じぎゃくてき》だな。自分に自信がないのか？」

「諜報員の中でもかなり地位の高い人なのに？　そんなことある？」

「自信と持っている能力は別だろ。評価されても自己評価が低いやつだっているさ。力を求める事で自信の無さを補おうとしたりな」

特別技能戦闘員の個別識別コードは大半が上層部によって名付けられる。ほとんどが能力にちなんでおり、個別識別コードを聞けば何となくどういう能力を扱うのか想像がつくようになっていた。たまに変なものも混じっているが。

シャルロットのように自分で自分の名前をつけるのは特殊《とくしゅ》な例だ。

そこで星名は思い出した。

「あ、そういや気になってたんだが【フォレスト・イーター】どうなったんだよ？」

「アレは【LOSER】の能力で洗脳されていたようね。読み通り、といえば読み通りかしら。今は解除されて監視付き。恐らく洗脳は解かれている、という見解だけどもしもを考えてということらしい」

「なるほど」

「作戦概要《がいよう》を説明する前に。星名、【クリエイティブ・リスト】とやらの説明を」

俺《おれ》か？　と自分を指差す星名に頷きが返ってくる。

「お前以外に誰がいるの。まさか【ワールドクラス】のリーダーを此処《ここ》に引っ張ってきて説明させるつもり？」

「そのつもりはないが。同じ説明をさせる気かよ。何度も言ってるだろ。特別技能戦闘員専用の報告書のまとめ。それが【クリエイティブ・リスト】。わかりやすいだろう？」

「そこじゃない。何故《なぜ》そこまで重要視されるものなんだ？　知られてはいけないものなの？」

「別に名前を知ってるのは良い。中身がヤバいんだよ。食い合わせの問題があるから」

食い合わせ、と声を揃《そろ》えて首を傾《かし》げられた。

「特別技能戦闘員が使う【科学魔術《まじゅつ》】の相性《あいしょう》の良《よ》し悪《あ》しって言った方がわかる？　能力によっては競合したり、相性が悪いせいで打ち消しあったり、変な効果を生み出したり。まぁ色々。そういった問題を防ぐための報告書が【クリエイティブ・リスト】。まあどっちかっていうと新しい能力の組み合わせとか、使い道のない能力の取捨選択《しゅしゃせんたく》とか、そういった提案に使ったりすることが多いんだが」

頭にはてなを浮かべたリリカが質問する。

「つまりどういうこと？」

「えー。あー、そうだなぁ……。例えば防衛専門、【本国都市】の守りを一手に担《にな》う【エタニティ・ウォール】とかだとわかりやすいかな。アレは再生するプラスチックを利用した壊《こわ》される前提の盾《たて》だが、それにプラスチックだの樹脂《じゅし》だのを食う微《び》生物《せいぶつ》を扱う能力者と組ませてみろ、どうなると思う？」

「仲間内で潰しあうことになる？」

リリカの答えに頷いて、

「正解。プラスチックっつーでかい餌《えさ》に食いつかれて【エタニティ・ウォール】の能力が意味をなさなくなる。そんな事態になったら笑えないだろうが。そういうのを防ぐ為に報告書を上げてもらっているんだ。だから重要なの」

「それが全部盗まれた、ということか？　とんでもない事態じゃない」

「全部だったら今頃《いまごろ》【ワールドクラス】の戦闘《せんとう》職が全員出撃《しゅつげき》で逃《に》げ出したシャルロットをその逃げ場《ば》ごと地球から消滅《しょうめつ》させる事態だよ。全部じゃない。【無重力システム】も言っていただろう。【クリエイティブ・リスト】は【ワールドクラス】の防衛、治安、情報、教育を担う四人に振《ふ》り分けている。リーダーの【無重力システム】は全部に閲覧《えつらん》権利を持っているが俺達《おれたち》は自分に振り分けられた報告書しか閲覧権利がないし、所有できない。所有権利があっても、秘密保持の責任が生じているから俺は頭に記憶《きおく》したらとっとと燃やしている」

　紙もデジタルも媒体《ばいたい》として残しておくリスクを負うのが面倒くさい、というのが星名の理由だった。今回の【トゥルー・マザー】のように誰かに奪《うば》われる可能性があるぐらいなら、記憶容量を割《さ》くことぐらいなんの問題もない。

「お前の担当は？」

「治安。犯罪組織の抑止力《よくしりょく》だのなんだのを請《う》け負っている。報告書の内容は言わないぞ。今回奪われた【クリエイティブ・リスト】を持っていったシャルロットの上は当然、【トゥルー・マザー】、担う仕事は教育だ。諜報員《ちょうほういん》の報告書だのを抱えているだろうな」

諜報員の報告書、という言葉でクラウディアが声を上げた。

「え、じゃあわたしの報告書ってお母様に見られているんですか？」

「知らないよ。心当たりがあるならそうなんじゃないのか」

見られて困るような内容でもあるのだろうか。報告書なので真面目な内容しかないはずなのだが。

「お前達の報告書は何を上げているんだ？　あぁ、勿論《もちろん》、答えられる範囲で構わない」

アナスタシアの質問にリリカから順に答えていった。

「アタシの報告書は有用性とか、こういう弱点がありますとか、こういうのと組み合わせて作ってるとか。基本的なことばっかりよ」

「俺の分野はわからないことばかりだから考察が多い。場合によっては実験して、その過程とかも入れたりするが。規模が規模なんで割と壮大《そうだい》な話になるな」

「わたしは擬態《ぎたい》なので、動物の習性の研究だったり、後はどの程度が能力の限界値なのか、とかですかねえ。機械相手にどこまで通用するかも入れたりします」

「意外とバラバラなんだな。もう少し統一性があるのかと思ったが」

「全員が全員同じものなんてある訳がないだろ。【科学魔術】は人によって扱うものが違うからな」

人によって変わるものだ。

特別技能戦闘員は特殊性《とくしゅせい》が強く、決まった形が取りにくい。だから報告書にも決まりはなかった。小学生が書く夏休みの作文みたいなものだったら叩《たた》き返されたりするが、ある程度は容認《ようにん》されている。

わからない人用にテンプレートもあったりするので誰でも報告書を作成できるようになっていた。

「と、いうことだから奪われると困る。異世界に流されると特に」

「でもアタシ達もそうだけど、向こうも文字が読めないいじゃない、安心では？」

「こっちも同じだけど読める人間がいるだろう。便利な魔《ま》法《ほう》道具やら魔法やらで解読されない保証があるか？　プロテクトもない、普《ふ》通《つう》の紙切れだぞ。しかも持っている人間は地球側。読めない道理はない」

「それもそうね」

「シャルロットは諜報員として優秀《ゆうしゅう》だった。彼女が裏切った以上、異世界に逃げ込むことも想定して彼女の捜索にあたり、捕《ほ》獲《かく》または処刑をするのが今回の仕事よ」

「能力の説明」

「【LOSER】の能力は洗脳。戦闘能力が皆無《かいむ》なことと引き換《か》えに僅《わず》かな会話から相手を洗脳することができる。人数制限もないことから【カントリークラス】にあたるな。同位クラスの【三位一体】ですら全く気付けず洗脳にかかったことから【トゥルー・マザー】の教育の洗脳も解いている可能性も視野に入れておけ」

「え、せんぱい大丈夫《だいじょうぶ》なんですか？　会話してましたけど」

「俺に洗脳の類は効かないよ。【トゥルー・マザー】でもな。だから大丈夫」

どれだけ強力な能力者であっても星名を洗脳することはできない。【そういうもの】だからだ。

彼が彼である限り、【銀の惑星《わくせい》】として存在している限り、それは続く。だからこそ星名が所属する部隊に捜索命令が出たのだろう。

それにしても、

「何を起点にしているんだろうな……」

ポツリと呟《つぶや》くと隣《となり》にいたリリカが不思議そうに言った。

「ん？　何が？」

「シャルロットの能力だよ。洗脳っつっても色々あるだろ。恐怖による洗脳なのか、魅了《みりょう》によるものなのか。ほら、そこの双子ちゃんとかさ」

会議室の隅《すみ》っこ、一般《いっぱん》兵士からも特別技能戦闘員からも距離《きょり》を置いた場所に置物みたいによく似た顔の二人が立っていた。【二位一体】のチカチーナとオルチーナである。

視線が集中した双子は互《たが》いに繋いだ手を持ち上げて、

「私達はそれぞれ違う感情を起点にしているわね」

「そのとっかかりを元に洗脳することができるの」

「私は、人に襲《おそ》われる恐怖を」

「私は、人を傷つける快楽を」

「それで地球と異世界と両方引《ひ》っ掻《か》き回してたもんな。監視付きなのはわかるが、しばらく【本国都市】で謹慎《きんしん》処分ぐらいだと思っていたんだが。何でこっち？」

「責任を取れ、だそうよ。上の決断。洗脳状態だったとはいえ、仲間をだいぶ殺しているからね。抗《あらが》う手段のない民間人で溢《あふ》れている所より、血《ち》なまぐさい戦場で見張っておけという訳。死ぬなら一般人より軍人の方がマシってやつ」

メキシコ方面での作戦の際、同士討《どうしう》ちを始めたのはこの双子のせいだった。【二位一体】は【軍備島】での仕事の前、第七〇部隊に配属されていたことが判明している。異世界側の方に潜入《せんにゅう》していたのも彼女達《かのじょたち》だ。

いつから洗脳されていたのかはまだわかっていないが、少なくともジャングル戦の情報を渡していた時には既に洗脳されていた。その彼女達から洗脳を受けた兵士達が同士討ちを始めた。

　これが事の顚末《てんまつ》だ。だから上官まで殺し合いを始めたらしい。

「そもそも何で異世界まで巻き込んでるんだ？　【トゥルー・マザー】への私怨なら地球だけ引っ掻き回せば良いだろうに。協力者の目的は何なんだろう？」

　復讐《ふくしゅう》はまだわかる。だが、異世界側まで巻き込んでいる理由は？　地球側だけを混乱させておけば良い。わざわざ異世界にまでちょっかいをかけても良いことはないだろう。地球で追われた時に不利になるだけだ。

「シャルロットお姉様は私達に何も仰《おつしや》らなかった」

「だから私達は言われるがままに行動しただけよ」

「ま、使う道具に目的なんか説明しないか」

　シャルロットの能力は洗脳。どれほど納得できなかろうが、理由が気になろうが命令されれば従うしかない。言われたことだけを行うように指示すればいいのだ。

　何故そうするのか、何が目的なのかは伝える必要がないだろう。つくづく便利な力だった。

　たとえ捕《つか》まったとしても目的がわからないから追跡しようもない。

「作戦行動は追って連絡する。総員、すぐに行動に移れるよう、入念に準備を重ねておけ！」

「『了解』」

2

「スカイ、ヴィンスに繋げ」

ホー、と了承《りょうしょう》の一鳴きと共に色違《いろちが》いの瞳《ひとみ》がきゅるりと音を立てた。

『ホシナ、』

「シャルロット、という名前の女に聞き覚えはないか」

星名はいきなり本題に入った。異世界のことは異世界の人間に聞くのが一番良い。それに今現在、地球側の諜報員は皆《みな》、地球に帰還《きかん》しているし、そもそもリアルタイムの情報はその場にいる者にしかわからないものだ。

『ない。だが、地球侵略《しんりゃく》に対して有益な情報を手に入れたと宣言していた国が突然《とつぜん》、黙った。それと同士討ちの首謀者《しゅぼうしゃ》も判明した。首謀者はシルヴァーツ王国の騎士団長《きしだんちょう》だ。といっても元だがな。事件の少し前に引退している。実行犯の【骨遣《ほねづか》い】と行動を共にしているようだ。魅了を扱う能力者ではなかったはずなのだが、何故か使っている』

無茶《むちゃ》振《ぶ》りをかました自覚はあったがヴィンセントは優秀だった。彼は即座《そくざ》に星名の望む答えを出してくれる。

「魅了の能力だと？」

『あぁ。相当強力なものだ。そちら側の技術と考えて良いだろう。複数人に同時に発動させ、同士討ちを発生させたようだ。持続性はないようだが、即効性《そっこうせい》はある』

その言葉を聞いて星名は目を見開いた。彼は無言で自分の口元を片手で覆《おお》う。

（異世界にこっちの能力が流れ出しているのか。扱い方《かた》はシャルロットか？　いや、それよりも【クリエイティブ・リスト】が流失しているのがマズイ。対策を考えないと次に大規模戦争になった時にやられかねない）

『ホシナ？』

「すまん、何でもない。その【骨遣い】ってのはなんだ？」

耳慣れない言葉だった。実力者だろうという予測はつくが地球側から聞いた情報にはない。

『骨を使役《しえき》することからの二つ名だ。どのような人物かは知らない。元とはいえ騎士団長と何故行動を共にしているのかもだな。元々賞金首ではあったが今回の件の首謀者としてシルヴァーツ王国を含めた複数の国からの討伐要請《とうばつようせい》がかかった。結果、異例なほど金額が上がっている』

「シャルロットの協力者か。名前と能力が判明しただけでも十分な収穫《しゅうかく》か」

シャルロットが裏切りを明確にし、敵対意志を見せたと同時期にその【骨遣い】が出てきた。タイミング的にはバッチリだ。

『これは忠告だが、【骨遣い】の能力は未知数だ。魅了だけでなく他の能力も獲得《かくとく》している可能性がある』

「わかっているよ。そっちの質問は？」

『そのシャルロットとやらは何者だ？』

「洗脳を武器とする諜報員だ。洗脳の他に攻撃《こうげき》しようとする意志は許すが行動に移すことは許さない、みたいな防御《ぼうぎょ》の能力の使い方もする。地球を裏切って逃走《とうそう》中だ」

『【骨遣い】と騎士団長が洗脳されている可能性は？』

「余裕であり得る。むしろそちらの方が高いはずだ。異世界の人間と仲良しこよしってのは聞かない話だしな」

ヴィンセントと星名の関係は異常だった。通常ならば友人になり得ない相手だ。彼らの関係が特殊なのであって、シャルロットにその線の可能性は薄《うす》いだろう。よほど何か特殊な関係性がない限りは、敵同士と考えるべきだ。

『ふむ、なるほど。地球を敵に回したから、逃亡先《とうぼうさき》に異世界を選択《せんたく》、その為の足がかりにしたい、といったところか』

「多分、な。断定はできない。機密情報を持ち出しているし、此方《こちら》側の技術が利用されているのは確かだが。その割にお前達《たち》の方と敵対している印象を受ける。洗脳しているにせよ、足がかりにしたいのならばゴタゴタは避《さ》けるべきだろう。そこが気になる」

納得した声のヴィンセントに、星名は異を唱えた。

【骨遣い】達がシャルロットの味方だとして、それが異世界側で暴れている理由が不透明《ふとうめい》だった。【骨遣い】を使者に亡命を希望するなら兎《と》も角《かく》、敵対してしまっては逃げ場がない。

何故、どうして、の部分がわからない以上、断定は危険だった。もし違っていたら致命《ちめい》的《てき》な隙《すき》を生むのでそうかもしれない、程度に留《とど》めておくべきだ。

『了解した。此方としてはその能力者の情報があるだけでも充分《じゅうぶん》だ。それに君はまたその諜報員の捕獲、または討伐《とうばつ》に駆《か》り出されるのだろう？』

「まぁな。俺には洗脳が効かないし、後始末に他の馬鹿《ばか》の尻拭《しりぬぐ》いさ。お偉《えら》いさんは俺のことを便利な雑用係とでも思ってんだろうぜ、全く」

『君は、洗脳が効かないのか』

「そうだよ。心理的なものは全部シャットアウト出来る」

『何故？』

「【星の歌】があるから」

純粋《じゅんすい》な疑問、といった声に此方も淡々《たんたん》と答えた。

リリカ達は何故か気を遣《つか》って深く聞いてはこなかったが、別に隠《かく》すようなものではないのだ。隠したって意味がないし、バレたところで対処法などないのだから。

『星の歌？　星が歌うのか』

「正確に言うなら音じゃない。音に似た何かで星は歌っている。宇宙で、永遠に。生まれては死んでいく星々は歌を歌うんだ。文字通り星の数ほどもあるその無数の歌を、俺は常時休むことなく聴《き》き続けている」

起きていても、寝《ね》ていても、何をしていても星達の歌は彼《かれ》に届く。どれほど遠く離《はな》れていてもその歌は届くのだ。

「そんなもんをずっと聴いてるんだから、洗脳なんて効くわけがない」

洗脳しようとしたってそれは無数の中のたった一つ。

聞き分けることなど不可能だ。一際輝《ひときわかがや》く星のように主張されても他の歌に押《お》し流《なが》される。

『ずっとか』

「ずっとだな。今もずっと聴こえている。普段は音量調整をして聴こえてないフリをしているだけだ」

『君の気は狂《くる》わないのかね？』

「慣れた。つっても普通なら発狂《はっきょう》ものだし、俺は武器として使っているけど、他の奴《やつ》が聴いたら十分ももたないだろうな。そんな絶対発狂するはずの中でこうやって普通に振る舞《ま》っていることこそが異常なのかもしれないがな」

歌をそのまま届けるだけで大抵《たいてい》の人間は発狂して死ぬし、音を調節してボリュームを上げてやれば全身の液体を揺《ゆ》さぶることだって出来る。破裂《はれつ》させてやるだけ優《やさ》しい方だ。

狂う歌を聴いて狂わない星名はそれはそれで普通から逸脱《いつだつ》した存在なのだろうという自覚はあった。

『魅了の魔法なども効かないのか？』

「パッとかけられるやつなら効果はあるんじゃないか？　時間だとか威力《いりょく》は弱いけどってやつ。実際シャルロットの時も攻撃できなかったしな。ただ、長期のやつとか深層心理とかに深く食《く》い込《こ》むヤツは効かない。ああいうのは強力になればなるほど心の中に食い込むものだからな。音が溢れていて流されちまう俺には無駄《むだ》なのさ」

ふふん、と何処《どこ》か自慢《じまん》げに話す星名。

『此方の防御魔法《ぼうぎょまほう》とは別なのか。面白《おもしろ》いな』

「魔法で防御出来るんだったらこっちの【科学魔術】はどういう扱いなんだろうなぁ？

なよ」

洗脳にかかる、かからないは単純に力の差だとは思うが、あんまり楽観視して引っ掛《か》かる

シャルロットは優秀だ。【トゥルー・マザー】の洗脳を解いた可能性も視野に入れると

その能力は彼女《かのじょ》よりも強いかもしれない。【ワールドクラス】レベル、ということだ。

魅了の能力を扱える【骨遣い】もそうだが、彼が洗脳にかからないとは限らない。

ヴィンセントが敵に回ることを想像しただけで嫌だった。彼が側《そば》に置く人形は強いのだ。

相手をすると思うだけで面倒くさい。しかも明確に敵になる理由が洗脳。後味が悪いにも

程《ほど》があった。出来る限り彼には近付いて欲《ほ》しくない。

『あぁ。気をつけよう』

頼《たの》むぞマジで、とキツく念押《ねんお》ししておく。

だが、この友人は首を突《つ》っ込んでくるのだろうなと予感していた。

だってもし逆の立場だったら絶対首を突っ込むからだ。

そこらへんは似た者同士である。やりそうなことなんてお見通しであった。

3

「個別識別コード【LOSER】の居場所が判明した！　これより作戦行動に入る！」

アナスタシアがそう宣言したのは次の日の夜だった。

まだ日が落ちたばかりとはいえ、夜である。夕方でもなく、夜と言える範囲《はんい》である。

「もう此処まできたら次の朝待てよ。なんで夜に作戦始めるかなぁ……？」

「一刻を争う事態だからよ、馬鹿者《ばかもの》！」

ボヤいた星名に雷《かみなり》が落ちた。彼は悪びれもせず、ひょいと肩をすくめてお口をチャックする。

上官様は一つ息を吐《つ》いて続けた。

「彼女は今、異世界側にいる。場所は此処、【軍備島】から一番近い陸地にある門から入ったようね」

「へぇ。じゃあ手引きしてくれる人間がいるよな」

「洗脳されてとかだったらその人の居場所って嘘《うそ》の情報じゃないの？　判断つかなそうだけど。そもそもどうやって絞《しぼ》り出したのよ。GPSが機能していなかったんでしょ」

「そこは【トゥルー・マザー】が全面協力してくれた。だが、向こうもプロだ。逃げ込んだ異世界の場所がどんな状況なのかはわからない。最悪入った途端《とたん》、戦闘になる可能性もあるわ。あぁ、あと伝えておくと彼女の詳《くわ》しい能力も判明した。彼女の能力だが罪悪感を利用しているらしい。代償《だいしょう》として戦闘能力でいえば最低レベルではあるようよ」

「罪悪感、ね。また対人特化だなぁ。異世界に機械は存在しないから異世界特効《とつこう》もついているし」

戦争にはこれ以上ないほど似合う能力だろう。

罪悪感。それが精神的であれ、肉体的であれ、人を傷つけるという行為への罪悪感を利用した洗脳。


「【カントリークラス】なら機械相手でも動かしている相手が遠隔《えんかく》でいるなら攻撃出来ない、とかいうレベルだろう。なるほど、俺が攻撃出来なかったことに納得だな」

攻撃する意思があり、それをシャルロットに向ける。此処までは罪悪感が発生しない。だが攻撃として行動に移そうとすると途端に心に罪悪感が発生し、身体《からだ》の方が固まってしまうのだろう。だから攻撃が出来ない。


面白いと呟いた星名にアナスタシアはくるくるとペンを回して質問した。

「何故？　納得できる要素がない。洗脳と攻撃防御《ぼうぎょ》や無効化は別物でしょう」

「推測だが、自分の戦闘能力を最低限まで引き下げているから攻撃を無効化できるんだろう。弱さを盾にするタイプだな。小動物には庇護《ひご》感情を抱《いだ》くように、雨に震《ふる》える子猫《こねこ》や子犬を見かけたら可哀想《かわいそう》だと思うように。脅威《きょうい》にならないから攻撃出来ない。矛《ほこ》にはならんが、本質は洗脳だ。元々戦闘特化にする必要がないから便利なアクセサリーぐらいの感覚で使ってるんじゃないか」

あまりにもか弱いから。攻撃することを躊躇《ためら》ってしまう。躊躇わなくても小さな罪悪感が出る。それがあればシャルロットの能力は発動する。そういう理屈《りくつ》の【科学魔術】だろうと星名は言った。

「弱さを盾に？　でもそれって自衛することが出来ないってことよね。武器を持っていないから、脅威にはならないから、攻撃されないっていう前提なんでしょう？　追《お》い詰《つ》めるの簡単そう」

「そうだな。だが、今まで生きている。俺でも攻撃出来なかったっつーのはそういうことなんだろうさ。感情論で終わらずに手段として確立させている。攻撃を無効化することをな。そこをどうやって崩《くず》すかを考えないと前の二《に》の舞《まい》だ。むざむざ目の前で逃げられるよ」

星名は何処《どこ》までも冷徹《れいてつ》に物事を押し進《すす》めることが出来る。公私混同はしないタイプだ。必要なら誰《だれ》であろうと、何であろうと殺す。そういった冷たい判断を下せる。

その彼が明確に敵と判断した相手を攻撃出来なかった。それはつまり、シャルロットの能力がそれだけ強力であることを示している。

「星名で攻撃出来ないとか終わりでは？」

「まぁ所詮《しょせん》アクセサリー感覚ならどうにかなる、と思う。ほら、例えば範囲《はんい》攻撃《こうげき》に巻き込むとかさ」

「ねぇそれって地震《じしん》とか洪水《こうずい》とかそういう災害レベルの攻撃になるのよね？　アンタ、自分の能力の規模わかって言ってんのか⁉」

「なんだよ、惑星の一部ごと吹《ふ》き飛ばすなんて言ってないだろ。地球上から地図ごと吹き飛ばそうとかじゃないからマシだって」

「話には聞いてたけれど、なかなか感覚が普通ではないようね、文字通り世界規模ということかしら」

「規格外とはこの事を言うのね。そういうことをさらっと言うということは可能だということだもの」

ふんふん頷《うなず》いている双子ちゃんは今日も今日とて仲良く互いに手を繋《つな》いでいた。

リリカが行儀《ぎょうぎ》悪く彼女達を指差してアナスタシアに質問する。

「【二位一体】の双子ちゃんも参加するの？」

「いいえ、【籠城喰い《ろうじょうぐ》】。私達は不参加よ」

「そうね、【籠城喰い】。私達は待機なの」

「この子達にかかっている洗脳が作戦中に顔を出すと困るからね。私と一緒にお留守番、さ」

「カトリ」

するりと、甘《あま》い声の主が滑《なめ》らかに会話に混ざってきた。胡散臭《うさんくさ》い笑顔《えがお》を保った青年がいつの間にやら星名達の近くに立っている。胡散臭い笑みに視線を向けた星名が質問する。

「お前、仕事は終わったんじゃないのか。そんな暇《ひま》じゃねえだろ」

「【無重力システム】から追加の依頼《いらい》があってね。事態の収束まで付き合うことになってるよ」

「お母様はどうなさっているのですか？」

「【トゥルー・マザー】ならまだ監視《かんし》付きさ。この件に出張ってくることはないんじゃない？　よほどのことがない限り」

「……不出来な子供の始末に来た、とか言いそうだからなぁ、アイツ。余計な事をされる前にとっとと捕まえるのが一番良いか」

「え、そんなことするタイプなの？」

「お母様は割と考え方がドライですよ。処分する事はあっても守りに来ることはないかと」

「親子なのに？」

「親子関係って言っても紛《まが》い物だ。どっちかというと上司部下みたいな仕事関係に近いかもな。愛情なんて【トゥルー・マザー】からの歪《ゆが》んだ一方通行なんだよ」

「へぇ」

「アイツの能力の問題だから、本当に親子の情がある訳じゃない。アレは子供に対して理想があるだけだし誰がいたって同じことだろうさ。使えないなら切り捨てる、で終わりだ」

たとえどれだけ優秀な者が【子供】として出てきたとしても一度のミスで切り捨てることだろう。

私の子供はもっと出来るはず、優秀であればミスをしないなどと言って。

結局そういう女なのだ、【トゥルー・マザー】という女は。それで【ワールドクラス】までのし上がっているのだから始末に負えない。

「ま、そっちはどうでもいいさ。それより話がだいぶ脱線《だっせん》したけど作戦は？」

「当然、捕獲ないしは射殺命令が出ている。あまりにも抵抗《ていこう》するようなら殺して良し、とのことよ。出来る限り生け捕《ど》りで、という話ではあるようだけれど。それと、現在異世界にいると仮定しているがあくまで仮定だ。向こうで姿を眩《くら》まして別の門から地球に帰ってくる線もある。私達が把握《はあく》していない門もあるからな。だから急いでいるのよ。逃げ回られる前に捕まえる。時間をかければかけるほど不利になるのは私達よ」

「シャルロットが入った門の向こう側はどうなっている？」

「廃墟《はいきょ》よ。ゴーストタウンといった方がいいかしら。周りに村も街も存在しない。打ち捨てられた街ね。それ以外の情報は不明。賊《ぞく》ぐらいなら潜《ひそ》んでいるのかもしれないけどね」

「ふぅん。身内のゴタゴタで異世界巻《ま》き込んで大戦争、なんて事態になってないだけマシか。人里離れているならちょうどいいな。多少暴れても問題ないだろう」

「やりすぎるなよ」

にぃ、と笑った星名は答えなかった。呆《あき》れて息を吐いたアナスタシアにシャルロットが問いかける。

「シャルロットお姉様は異世界側に何かコンタクトをとっていないのですか？　機密情報を持っているのでしょう？」

「それがない。だから上層部も迷っているみたいね。殺したいけれどどうなるかわからないから。出来るだけ生け捕りっていうのはそういうことよ」

「【クリエイティブ・リスト】について何か情報は？」

「それもないな。探《さぐ》ろうにも諜報員は今現在全員戻《もど》っている。新しい情報は見込《みこ》めないと思っておけ」

「（まさか此処で諜報員撤退《てったい》が影響《えいきょう》してくるとはなぁ。それも含めての行動だったのか？と、なると結構前から計画を立てていたっつーことになるけれど）」

「星名？　どうしたの？」

「いんや、なんでも」

「わかっていると思うが時間がない。異世界に亡命されるのが一番困る。全員、準備出来次《し》第《だい》作戦に入る！　手早く準備するように」

「「了解《りようかい》」」

4

意識が戻る。

回想から帰ってきた星名は小さく息を吐き出してエネルギーの塊《かたまり》を飛ばした。

「あらよっとー」

のんびりした動きに星名の影《かげ》から何かが伸《の》びた。

【闇魔《やみま》法《ほう》シャドウステッ、」

「おおっと、こんなところに特大の虫が」

バゴンッ‼　と自分の真後ろの真下。下に向けた手のひらから自分の影を丸ごと潰《つぶ》すように莫大《ばくだい》なエネルギーが放たれる。影に潜んだ刺客《しかく》がなす術《すべ》なく潰れた。

「【炎魔法《ほのおまほう》ファイア】‼」

「どーん！」

ふざけた様子で手を銃《じゅう》の形にすると向けられた炎《ほのお》を押し潰す火力で飲《の》み込んだ。それは魔《ま》法使《ほうつか》いごと飲み込んで跡形《あとかた》もなく燃やし尽《つ》くす。

「【鑑定魔《かんていま》法《ほう》】」

弱点を探そうとしたのか、無数のレンズに似た魔法を展開した相手には、

「遅《おそ》い」

棒状に伸ばしたエネルギーを大きくぶん回す。わざと途中《とちゅう》で距離を伸ばせば回避《かいひ》距離《きょり》を間《ま》違《ちが》った奴らが纏《まと》めて蒸発した。風を起こせば【星の歌】でわざとわかるように音の波で相殺《そうさい》し。水の魔法で来るならばその水すべてを蒸発させた。

炎ならば同じ威力で撃《う》ち落とし、土ならばエネルギーで地形を変える。潜むなら潜んでいる場所ごと叩き潰し、物理で襲ってくるならそのまま撃退《げきたい》する。

凄《すさ》まじい轟音《ごうおん》が連続していた。

ついでにと言わんばかりの軽さで音の槍《やり》を口から放つ。ゴッバッッ！　と周りの建物の壁《かべ》ごと粉砕《ふんさい》していく姿は歩く怪獣《かいじゅう》のようだった。

「うーむ、見事に分断されたなぁ」

個別識別コード【LOSER】、諜報員シャルロットを捜索《そうさく》、及《およ》び捕《ほ》獲又《かくまた》は殺害目的で異世界の門を潜《くぐ》った星名達は一人一人バラバラに分断されていた。ゴーストタウンの何処かにはいるだろうが、広くて捜《さが》すのにも手間取っている。

しかもゴーストタウンのはずなのに異世界の人間達が襲ってくる始末だった。

恐《おそ》らく、ヴィンセントが言っていた賞金稼《かせ》ぎ達だろう。報酬《ほうしゅう》に目が眩んだとみた。同業者は先に潰しておく、がモットーな奴らが集まりまくっているらしい。

異世界の門はそれぞれ特徴《とくちょう》があり、出現する場所や特徴も完全なランダム仕様だった。物を持ち込める門もあれば、生き物、それも人間以外を省く門やら、時間や空間ごと歪めてくる門やら多種多様だ。

今回の門は空間を捻《ね》じ曲げてくるタイプだったようで、合流するのは困難だろう。諜報員も先に潜入させられずに行き当たりばったりな作戦だから余計に。

「スカーイ」

空に呼びかけると真っ白な梟《ふくろう》が降りてきた。伸ばした腕《うで》に綺麗《きれい》に着地したスカイは甘えるように彼に身体を擦《す》り付ける。それを宥《なだ》めて星名は聞いた。

「見つかったか？」

返事がない。無言で此方を見つめてくるだけだ。これは否定。誰も見つからなかった、という報告だろう。

　再び梟を空に放ちながら独りごちた。

「どんだけ広いんだ此処《ここ》。ゴーストタウンのくせに規模がでかいなもう」

　ふぁ、と欠伸《あくび》を零《こぼ》すと手首を閃《ひらめ》かせて飛んで来た魔法を撃ち落とした。

「此処でド派手に暴れてもいいが、逃げられると面倒《めんどう》くさい、か」

　しゃーない、と見切りをつけるとゆったり歩き出した。襲ってくる馬鹿どもを撃退しつつ、向かう目的地はゴーストタウンの奥《おく》に見える目立つ建物だ。

「さてさて、何人潰せるかね」

　くるりと手首を返して獰猛《どうもう》に笑った星名がエネルギーを放とうとすると、空を飛んでいた梟が一声鳴いた。

「ん？」

　上を見上げるとなんか増えていた。スカイと真逆の漆黒《しっこく》の梟が寄り添《そ》うように飛んでいる。

「マジかよ、おい」

「ホシナ様」

　音もなく、気配もほとんど感じさせず。

霞《かすみ》のように真横から無機質な声が投げかけられた。声が耳に届く前に反射的に動かした手の中で莫大なエネルギーが伸びる。

ぶぉん、と振り回されたソレは華奢《きやしや》な少女に届く前に彼女の真横を通過した。

「ッあ、ぶね!、ッッ、ちょーびびった」

辛《かろ》うじて矛先《ほこさき》を逸《そ》らした星名は冷《ひ》や汗《あせ》を流した。無意識とはいえ、危ないことには変わりない。割と本気で焦《あせ》った。

「ホシナ様、壊《こわ》すつもりですか?」

焦った星名とは真逆に、危《あや》うく生命の危機だった少女は淡々と言った。

豊かな蜜《みつ》色の髪《かみ》と宝石のような赤い瞳を持った人形の少女は無表情で此方を見ている。

だらだら冷や汗を流したまま、彼は慌《あわ》てて否定した。

「んなわけないだろ、頑張《がんば》って逸らしたじゃねーか」

「ええ、姫《ひめ》でなければ死んでましたよ、普通に」

「仲間とはぐれて自分以外は敵だらけ、だぞ。仕方ないだろー。全力じゃないんだから避《よ》けようと思えば避けられるよ」

「じとー」

「自分で言うなよ、効果音! 悪かった、俺《おれ》が悪かったよ、ちょっと無意識で攻撃しよう

としましたごめんなさい！　これで良いか⁉」

やけくそ気味に叫《さけ》んで謝《あやま》った星名に人形の少女、リシュルーは満足げに頷いた。

「はい、確かに謝罪を受け取りました。良いですか、ホシナ様。悪いことをしたら謝罪するのは当然ですよ。姫はそう教わりました」

「正論だが、これはこれで仕方なくないかなぁ⁉　もう少し自己主張して近づいてきてくれよ。いつでも手加減してたら俺が怪我《けが》するんだが」

「基本的な攻撃は全《すべ》て無効化できると認識《にんしき》しております。事実としてこの一帯に潜んでいた冒険者達《ぼうけんしゃたち》は軒並《のきな》み手練《てだ》れと呼ばれる存在ですよ。ホシナ様はすべて撃破《げきは》しています」

「リシュルー」

静かな声が割《わ》り込んできた。

まぁこの人形がいたらコイツもいるよな、と今度は攻撃を仕掛《しか》けないで星名は緩《ゆる》く片手を挙げた。

「よ」

「通信では会話していたが、会うのは少し久しぶりだな」

リシュルーを作った人形師、ヴィンセントだった。

星名はやっぱりか、と息を一つ吐き出して、

「やーっぱり首突っ込んできたか。コレもお前らの仕業《しわざ》？」

コレ、とは無数に襲ってくる冒険者達のことだ。

話しやすくする為《ため》にけしかけてきたのかと思ったが彼は首を横に振《ふ》った。

「いいや、私は別口での仕事だ。彼らとは商売敵《しょうばいがたき》になるが、一応だ。あまり関係がない」

「ふうん、でも目的は一緒《いっしょ》なんだろ？」

こくん、と言葉少なに頷いたヴィンセントは無表情で言い放つ。

「だから、君が倒《たお》してくれたことには感謝している。余計な手間が省けた」

「……お前のそういうとこ嫌《きら》いじゃないぜ」

シニカルに笑った星名が手を挙げたのと、ヴィンセントがリシュルーに合図を出したのは同時だった。

エネルギーの塊と、人形から放たれる拳《こぶし》の風圧が同じ場所に叩き込まれた。

瞬間《しゅんかん》、轟音を立てて傍《かたわ》らにあった建物が吹っ飛ぶ。その中に隠れていた刺客《しかく》ごと、まとめて。

「あれ？　異世界の人間ってことは仲間のはずだよな。攻撃しても良い訳？」

「死にはしないはずだ。当たりどころが悪ければ知らないが」

「冷たいなぁ」

「言っただろう。一応は商売敵だ。排除《はいじょ》しない理由にはなるまい」

「ふは、そりゃいいや」

目的は一致《いっち》しているので行動を共にすることにした。

他の奴らに見つかると面倒かもだが、これだけ混戦状態なら合流するのは難しいだろう。

見つかったら見つかった時考えれば良いやと星名は思考を放棄《ほうき》した。

5

「なー、ヴィンス」

「どうした」

「【骨遣い】と騎士団長ってどんなやつ？　性格的な噂話《うわさばなし》とかないか？」

「【骨遣い】に関してなら前にも言ったが、強力な魔法使いだ。国家に縛《しば》られず、ふらふらと放浪《ほうろう》するならず者だと聞いているが。あぁ、たまに人助けをするらしい。極悪人《ごくあくにん》、というほどではないのかもしれないな。騎士団長は何もわからん。シルヴァーツ王国の騎士団長として名を馳《は》せている人だが、名前は知らんな。能力も不明だ。鈍色《にびいろ》の騎士《きし》、と呼ばれていたらしいということは知っているが」

「ふーん」

「何故《なぜ》?」

「こっちの裏切り者とどうやって知り合ったのかなぁ、と。諜報員《ちょうほういん》だったから何処からでもコンタクト取れたのかもしれないけどさ。んー……地球に強く興味を持っていた、とかそういうものもないんだな。何が接点なんだろう。騎士団長の方に接点があったのかな」

何故、彼らがシャルロットを庇《かば》うような行動に出ているのか、という点も気になっていた。【骨遣い】と騎士団長はヴィンセント達、つまり仲間であるはずの異世界側からも追われている。地球から逃《に》げたいシャルロットが選ぶ相手としては不適切だろう。騎士団長なら、と思ったが引退している。国の為に、というのも不自然だ。団長のままである方がシャルロットとしてもメリットは大きいだろう。

「……まぁ、普通《ふつう》に洗脳されている可能性もあるにはあるんだけどな」

何せ、妹としていた仲間すら洗脳しているのだ。仲間を殺している時点で元敵を洗脳しない理由はない。

「その諜報員の能力はどういったものだ? 洗脳とは聞いたが魅了魔法《みりょうまほう》とはまた違《ちが》っているんだろう」

「罪悪感だとさ。洗脳とは別に攻撃する意志までは許されるけど行動には移せない、といった攻撃無効化の手段も持っている。俺も攻撃を弾《はじ》かれてるし、結構強力だな」

ふむ、と言ったきりヴィンセントは黙《だま》り込んだ。

暫《しばら》く静寂《せいじゃく》が訪《おとず》れる。

周りを見渡《みわた》して仲間を探していた星名はぴたりと足を止めた。

「ホシナ様？」

「リシュルー、下だ」

美貌《びぼう》の人形が即座にヴィンセントを抱《かか》え上げる。二人が地面から飛び上がった途端、下から無数に巨大《きょだい》な骨が伸び上がった。

建物ごと持ち上げるようにして、至る所から骨が生き物のように伸び上がってうねうねしている。ビジュアル的にも大変気持ち悪かった。星名が露骨《ろこつ》に顔を歪める。

「うへぇ。何の骨だ、あれ」

「古代生物ですね。地面によく埋《う》まっているものだと思われますです」

「こんなピンポイントでか？」

「多少、仕掛けはあると思いますが。骨はありふれた材料です。そこら中に転がっているものでしょう。それよりも能力の範囲が広がっていることが気になります」

そりゃあそうだが、あんなうねうねするものではないだろう。触手《しょくしゅ》みたいになっているが、骨だ。それなり以上に硬《かた》いだろう。地面に振り下ろすだけで充分な攻撃になる。

「術者は？」

「少し待て。今探っている」

屋根の上に着地した星名達の目の前で柔軟性《じゅうなんせい》のある骨（？）はどごんばがんと地面に振《しん》動《どう》を与《あた》えていた。

建物の上に立っているからまだ大丈夫《だいじょうぶ》だが、地面にいればマトモに立っていられないような衝撃波《しょうげきは》だ。

「ホシナ様、来ましたよ」

「あん？」

両手が塞《ふさ》がっている人形の視線の先を辿《たど》るとうねうねした骨から骨が生まれるところだった。

「は？」

流石《さすが》の星名も思考が停止した。意味がわからない。

「分離《ぶんり》とかじゃなくてか⁉　骨って生まれるものだっけ⁉」

「ああいう魔《ま》法《ほう》なんだろう。召喚魔法《しょうかんまほう》と組み合わせているようだ。魔法に何か特殊《とくしゅ》な仕掛けをしているらしい」

自分の人形に横抱《よこだ》きにされた人からなんか指摘《してき》が入った。呑気《のんき》な彼に星名は怒鳴《どな》る。

「冷静に話してないで早く見つけろ！」

ぽこぽこ生まれている骨は人、獣《けもの》、魚まであった。

無数に膨《ふく》れ上がるそれらを相手にするなんて面倒なことはしたくない。しかも時間の制限があるのか、数の制限があるのかもわからない状態でやる羽目になるなんてごめんだ。

手早く撃破。これに尽きた。

「クソだな」

舌打ちしながら悪態を吐く星名。流石は異世界の魔法使いといったところだろうか。

複数の国を敵に回しただけのことはあるといえる。厄介《やっかい》なことこの上ないけど。

「見つけた。中心地だな。軽く窪地《くぼち》になっている場所がある。そこにいる」

「本体を叩《たた》かないと終わらないパターン？」

「だろう。恐らく解除させないと術者が死んでも召喚《しょうかん》した骨は動き続ける」

「阿呆《あほ》ほど面倒くせぇな！」

殺しても終わらないとなると纏めて範囲攻撃も難しい。加えて、それを星名がやっちゃうと味方も巻き込んでしまうので使いにくいという欠点もあった。

死んでも無理なら解除させるしかない。問題は誰がやるか、だ。星名側、つまり地球の仲間で解析《かいせき》専門の特別技能戦闘員《せんとういん》は連れてきていない。助けを待つ前にジリ貧で此方が負けるだろう。星名がいれば丸ごと殲滅《せんめつ》は可能だが、消費も激しく本命のシャルロットに辿り着く前に消耗《しょうもう》しすぎる。

星名はチラリとヴィンセントに視線をやると、

「ヴィンス、お前出来んの？」

「問題なく。魔法の解除は割と得意分野だぞ」

「じゃあ頼もうかな。報酬は？」

「【骨遣《ほねづか》い】の身柄《みがら》が欲しい。此方としてもそれを目的に来ているから」

「了解。地球側に要求したいものとかあるか？　物によったら渡《わた》せるけど」

「いいや、特に何も。君にはいつも楽しませてもらっているからな。【友人を】助けるのに理由はいるまい」

きょと、と目を何度か瞬《しばたた》かせると星名はにぃと笑う。

「そりゃそうだな。うん、じゃあ遠慮《えんりょ》なく行こうか」

6

どごん、ばごん、と凡《およ》そ人間が出す破壊音《はかい》とは思えない重たい音が連続していた。踊《おど》るように、跳《は》ねるように動き回る星名は、建物の壁やら生えている骨やらを蹴《け》り飛ばし、空中で片手に集めたエネルギーの塊を放つ。

もう片方の手には棒状に引き伸ばしたエネルギーを留めておいて、迫《せま》ってくる骨を切り飛ばしていた。

「リシュルー」

「はい、ホシナ様」

柔《やわ》らかな声が応答すると拳が真横を通過する。

凄《すご》い勢いで頬《ほお》を掠《かす》めた衝撃波に星名は軽く冷や汗を流した。衝撃《しょうげき》の先に視線を向けると骨が粉々に砕《くだ》けている様が目に入る。

「お前、やっぱり根に持ってない?」

「何のことでしょうか、です」

「やっぱり根に持ってるよな?」

明らかに攻撃《こうげき》が此方《こちら》に向いていた。

殺意とかそういうものが増し増しだった気がするのだが!

先ほどの無意識で攻撃しそうになったことを根に持っているらしい。つくづく人間らしい人形であった。高性能というか、なんというか。

気にしない方向に決めて、襲《おそ》ってくる敵に目を向ける。

そのまま何度か跳ね上がって潰していると段々、楽しくなってきた。

「ふは、ははははははッッ!!」

高揚《こうよう》する気持ちのままに爆笑《ばくしょう》しながら骨をぶった切っていく。その際、建物だったり、なんか襲ってきた奴らだったりを巻き込みつつ、破壊を繰《く》り返していた。轟音が連続し、建物が崩壊《ほうかい》していく。

「凄まじい力だな、ホシナ」

「あん？」

空中で空気を踏《ふ》み締《し》めて一回転を決めた星名に掠れた声が届く。いきなり何だよと顔を向けると美貌の人形に抱き抱えられたヴィンセントが感情の読みにくい目を此方に向けていた。

「その力、異世界の人間ではほとんど太刀《たち》打ち出来ないだろう」

「そりゃあその為に作られた力だからな。俺は【ワールドクラス】、世界最強の一角だぜ？」

異世界に敵《かな》わなかったらそもそも戦争出来てねーよ」

ただし、今ですら異世界から侵略《しんりゃく》してくる相手に対して抵抗しているだけで、此方から仕掛けるほどの戦力はない。せいぜいが姑息《こそく》に、秘密裏《ひみつ》に諜報員を送《おく》り込んだりするだけだ。

「つーか、このままやってもジリ貧だな。かといって、火力勝負でやってもいいけど周りごと巻き込む気がするし。流石に更地《さらち》にしちゃうと仲間が死ぬしなー？」

「間違ってもやるなよ、ホシナ。巻き込まれて大惨事《だいさんじ》はごめん被《こうむ》る。だが周りの骨を潰さねば本体には辿り着けない状態だな。どうやって向かう気だ？」

「そこなんだよな。バレないで行くのが一番楽なんだが……クラウディアいねーかな」

建物の上に着地して星名がぼんやりと呟《つぶや》いた時だ。

「うふふ、そんなピンチに駆《か》けつける、優秀《ゆうしゅう》かつ出来る後輩《こうはい》。それがわたし、クラウディアちゃんです！」

きらりんと効果音でもつきそうなレベルでウインクしながら妖艶《ようえん》な少女が姿を見せた。

気配どころか音もなく、何の痕跡《こんせき》もない中から突然《とつぜん》姿を見せた彼女にヴィンセントが驚《おどろ》きの声をあげる。

「うわ！」

「お前のそんな声初めて聞いた。驚くんだなお前でも」

人形であるリシュルーの方が感情豊かに見えるからか、普段《ふだん》無表情なヴィンセントが感情を見せると新鮮《しんせん》な驚きがあった。灰色の目を瞬かせて彼《かれ》を見やると、ヴィンセントは眉《まゆ》を寄せる。

「君は私のことを人形だとでも思っているのかね？」

「人間とは思っているさ。でも、あんまりびっくりしないタイプだろ」

逆に言うとそれだけクラウディアの欺瞞《ぎまん》能力が高いという証明でもある。気安い感じで会話していると真横から騒《さわ》がしい声が割り込《こ》んだ。

「すごい置いてけぼりな感じなのですが⁉　わたしがいること覚えてますか、せんぱい！」

妖艶な印象から一転して子犬みたいにきゃんきゃん叫ぶクラウディア。

そこで漸《よう》く三人の意識が彼女に向け直された。

「そもそもこの人達誰《だれ》なんです？　地球の方じゃなさそうですけどぉ。わたし、知らないですし」

「現地協力者」

「それって、異世界の人間？　ありなんですか？」

ありかなしかで言ったらなしである。

軍にバレたらまずいのだが、星名は何食わぬ顔をして頷いた。

「ふうん？」

彼女《かのじょ》が報告するならそれはそれで問題なしだと星名は思っていた。彼は、元々あまり他人を信用していない。そうするべき理由があるならそうなるだろうし、他人について考えても自分とは違うと理解しているからだ。

だからその結果、自分がどうなろうとどうでもいい、と投げやりなまでの考えを持っていた。

クラウディアは暫く考えていたようだが、何も気にしないことに決めたようだ。

少なくとも、表向きには。

「(それよかわたしはこの美女が気になるんですけどぉ。誰なんですか、わたしという存在がありながらぁぁぁ!!)」

「なんか言ったか?」

「いいえ、何も!!」

朴念仁《ぼくねんじん》な星名には一生伝わらねークラウディアの思いである。頭にはてなを浮《う》かべた彼はクラウディアを顎《あご》で示した。

「クラウディア。能力は擬態《ぎたい》、欺瞞だ。戦闘《せんとう》能力はあんまりないから期待しない方がいい。諜報員の一人」

「待って!!? そこまで言う必要ありましたかせんぱい!!」

星名的にはさらっとした紹介《しょうかい》だったのだが、アウトだったらしい。全力で叫ばれた。

「でも言っとかないと巻き込まれて死ぬぞ。リシュルー、ふつーに強いし」

そうなのだ。

リシュルーは星名と殴《なぐ》り合いが出来ちゃう人形である。人外の彼女は主人たるヴィンセントしか守らないし、巻き込み事故とか自業自得《じごうじとく》でしょう、なんて言っちゃうタイプなのだ。

クラウディアの能力の説明をしていないと危険なのは彼女だった。戦闘能力特化でもない上に彼女は認識から外れることを得意としている。気付けないことと、そこにいないことは別物だ。気付けずに攻撃に巻き込まれたりするのは非常に危険であった。

と、いうようなことを説明してやると今更《いまさら》ながらに危険に気付いたのか神妙《しんみょう》な顔で頷いた。

「紹介にあずかったクラウディアです。宜《よろ》しくお願いしますね」

「ヴィンセントだ。私の魔法は補助型でな、こっちの人形、リシュルーが武器となる」

「リシュルーと申します。宜しくお願いします、です。家事も戦闘もこなせますのでご用件があれば何なりと。許可が出ればこなします」

「（ば、万能型《ばんのうがた》メイドさんタイプだと、……ッ!?　やばい、本格的にわたしの立場がない感じになっちゃう!!　せんぱいってそういうのが好みなんですかぁ⁉）え、えぇ、こちらこそ宜しくお願いします」

微妙《びみょう》に吃《ども》った彼女に微《かす》かに訝《いぶか》しげな視線を向けた星名だったが、切り替《か》えて彼は骨が密集している中央を指差した。

「あの真ん中に行きたいんだが、出来るか？」

「認識自体はズラせますよ。あの骨、術者本人と繋がっているようですが、痛覚などはないようですし。なんて言ったら良いんでしょう……？　ゲームをしている感覚、で伝わりますか？　残機が表示されているというか、撃破数が見えるというか。そんな感じですね」

「なるほど、直接的な感覚じゃなくて、間接的な、何かを挟《はさ》んだ状態での繋がりなのか。お前の能力がしっかり刺《さ》さるな」

動き回る骨は今も無尽蔵《むじんぞう》に増え続けている。真正面から火力勝負するには分の悪い相手だ。

「中の様子は？」

「流石にわかりません。ただ、他に仲間はいないと確信して問題ないでしょう。引っ込んでいる時点で仲間と連絡《れんらく》が取れませんからね」

「待て。一人か？」

「ええ、恐らく。適当に巡《まわ》ってきましたが誰《だれ》かと会話するような様子は見られません。攻撃も無秩序《むちつじょ》ですし、お姉様の逃亡《とうぼう》を助ける為の時間稼ぎでしょう」

「チッ。(隠《かく》れているのか、シャルロットと共にいるのか、何にせよ騎《き》士団長《しだんちょう》の方は後回しだな)」

黙っていたヴィンセントが口を挟んだ。

「洗脳されているかいないかの区別はつくか？」

「つかない。人間の心なんてのは複雑怪奇《ふくざつかいき》だ。洗脳されてるのか、自主的なのかなんて他人からは判断できない」

「洗脳という能力は存在するのに？」

「そりゃあ不都合なことを無理に行わせることは出来る。人を殺したり、誘惑《ゆうわく》したり、秘密を守らせたり、な。だけどそれはあくまでも誘導《ゆうどう》だ。自分からそうなるように仕向けている。だが、それは本人がしたいからしているのか、そうなるように強制されているのかなんて、他人から見てわかると思うか？」

【科学魔術《まじゅつ》】に魔法のようなわかりやすいエフェクトなんて出てこない。洗脳という能力は外から見てはわからないのだ。わからないから強いが、それは誰にも判断できない。

たとえ、かけられている本人であっても。

「まぁ、能力者本人であればかけている、かけていないの判断は出来るようではあるよ。でないと能力としてあまりにも不安定だからな」

「なるほど。そこまで万能《ばんのう》でもないのだな」

「俺からすれば魔法の方が万能だがね。火の魔法一つにしたって指先一つでパチン、だからな」

「あれ、便利そうですよねぇ。わたし達《たち》がやろうとしたら原始的な手段になりますし。マッチとか、ライターとか持ち歩かなきゃですし」

うんうん、と横で頷《うなず》くクラウディア。リシュルーが興味をそそられたのか、クラウディアに何かしらを質問していた。

「いや、そんなことはどうでもいいんだよ。はやく潰さないとシャルロットの逃亡時間がどんどん延びる」

「そうですね！　わたしが能力を使うので、中まで入っていただければ」

「ヴィンス」

「なんだ？」

「魔法の解除にどれだけかかる？」

「数分あれば」

「数字が曖昧《あいまい》だ。具体的に。確実な時間をかけた場合は？」

「ふむ……モノによるが、十分以下だな」

「それでいい。中に入るのはお前に任せる。解除までの十分程度を俺が全力で引き受けよう。相手の意識を逸らす」

「では、姫が内側から骨を叩き潰すとしますです。両方から叩けば動きも鈍《にぶ》るでしょう」

「わたしが彼らを？　能力者を殺害すれば問題ないのでは？」

「殺しても止まらないんだとさ。殺して終わるならお前に頼《たよ》るまでもなく窪地ごと粉砕してる」

「そう言われればそうですね？」

クラウディアの了承《りょうしょう》も得られたところで、星名はぐ、と背筋を伸ばした。細い背中が大きく上下する。

「じゃあ、そういうことで。あんまり遅いと纏めて飲み込んじまうかもなー？」

冗談《じょうだん》を言ったのだが、真面目《まじめ》な顔で三人から言われた。

「「「洒落《しゃれ》にならないから言わないで欲《ほ》しい（です）」」」

誠《まこと》に遺憾《いかん》である。

7

「随分《ずいぶん》と、どでけーもんが来たなおい」

星名はその能力からド派手に暴れて囮《おとり》を引き受けることが多い。無傷で生還《せいかん》し、何なら戦力差を覆《くつがえ》して相手を潰すことが出来るからだ。

逆に派手に暴れられるので隠密《おんみつ》といった行動にはとことん向いていないという欠点があった。

これは戦闘専門の特別技能戦闘員特有の欠点でもある。

圧倒的《あっとうてき》すぎて被害《ひがい》を最小限に抑《おさ》えることの方が難しいからだ。特に【ワールドクラス】ともなればその力は文字通り世界規模。抑え込んで一つの戦場に収めていることの方が難しいとされる。

だから基本的に星名は一人だった。たった一人で襲いくる敵をすべて薙《な》ぎ倒していくのだ。

「ちょいとやりすぎた感があるというか。骨が向かってくる様って結構圧巻な訳だが。質量をだいぶ無視している感じというか」

目の前ではあらゆる獣の骨を組み合わせた巨大な化け物が鎌首《かまくび》をもたげていた。

見た目は骨の龍《りゅう》、といったところか。西洋ではなく東洋の、日本の神話に出てくるような蛇《へび》に似た形で此方を睨《にら》んでいる。

「これどうやって倒したらいいんだろうな？」

ある程度の大きさであれば光熱エネルギーを振り回して溶《と》かせる。だが、此処まで大きいものだと小さな部分を溶かすだけでは意味がないだろう。むしろ溶かした部分で此方が火傷《やけど》をしかねない。規模が大きければ大きいほど災害のように被害が拡大していくはずだ。

それに巻き込まれるのはヴィンセントであり、クラウディアであり、まだ合流出来ぬリカ達である。

「マジで骨ってどう潰したら良いんだろう」

炎だと残る。火葬《かそう》で人間の骨を高温で熱しても残るように、生半可な温度では無意味だ。水もダメ。肺どころか肉すらない骨相手に水をかけても、それで？　で終わる。雷撃《らいげき》も無駄《むだ》だろう。

「物理で砕くか、跡形もなく溶かすか。……うーん、地味にすごいな骨」

考えるとどうやって倒したら良いか迷う。結構難しい問題であった。

「核《かく》があれば潰して終わりなんだが。これにあるのかもわかんないしなあ」

取り敢《あ》えず小手調べということで棒状に伸《の》ばしたエネルギーをぶん回す。真上から迫っていた巨大な尾《お》が分断された。高密度のエネルギーを受けて固く繋《つな》がっていた骨がどろりと溶ける。

轟音を立てて吹《ふ》っ飛んでいった尾はバラバラになると再び骨の龍に合体してしまった。星名は思わず叫ぶ。

「見覚えあるなぁ、その能力！」

特別技能戦闘員で物の形を固定する、という能力を持つ者がいた。どれだけバラバラにしても即座《そくざ》に同じ形に戻《もど》るのだ。【骨遣い】は本格的に地球側の能力を獲得《かくとく》してしまったようだ。魔法と組み合わせて応用している。

再び左右から骨が迫った。

左右に回避《かいひ》は不可能。上に逃げれば龍の顎が待っている。後ろに下がっても今度はその尾が狙《ねら》い打つだろう。だから、その場に止《とど》まった星名は両手で爪《つめ》を受け止めた。正確に言うなら彼と龍の間に僅《わず》かな隙間《すきま》はある。腕力《わんりょく》では絶対に勝てないそれを押《お》さえ込んでいるのは空間ごと握《にぎ》りしめているからだ。

「せーのっとぉ!!」

ぐるりと足で身体《からだ》を捻《ひね》ると無理やり押さえ込んだ骨の龍をぶん投げる。圧倒的な質量を宙に放《ほう》り投《な》げ、地面に叩き付けた。轟音と共に地面が大きく陥没《かんぼつ》する。

そのまま足で上から押さえつけるとずずん、と更《さら》に龍が沈《しず》み込んだ。押さえ込まれた龍が暴れ散らかすのにその長い胴体《どうたい》をエネルギーでぶった切っていく。点々と地面に落ちたそれらはその場で縫《ぬ》いとめておいた。

あっという間に輪切り状態になった龍が出来上がる。だが、星名もいつまでも押さえ込んではいられない。

「頼《たの》むぜ、ヴィンス」

骨の龍を押さえ込む星名の唇《くちびる》の端《はし》からつぅと赤い血が一筋流れる。

みし、ばき、と骨を軋《きし》ませながら彼は動かないようにただひたすらに全力を注いでいた。

その肩《かた》にふわりと雪のような白梟が舞《ま》い降《お》りる。耳元に嘴《くちばし》を寄せた梟から低く、落ち着いた声が響《ひび》いた。

『完了《かんりょう》だ』

同時に暴れていた龍が動きを止めた。

星名が足に力を込めるとぱきん、ばきんと硬質《こうしつ》な音を立てて連続的に砕けていく。周りを見回せば生えまくっていた骨の触手も動きを止めていた。

どうやら、きちんと終わったらしい。

にぃと笑った星名は一言呟いた。

「ナイスタイミング」

8

「まあた、異世界っぽいの来たもんだな。ザ・魔女《まじょ》って感じ」

異世界の魔法使《まほうつか》い【骨遣い】は女性だった。シャルロット、クラウディアより年嵩《としかさ》の、だいたいアナスタシアと同じくらいの女性。少女ではない彼女は目立つ怪我の一つもなく、ぐったりと気絶していた。

「これ死んではないよな?」

「当然だ。私は殺すことはしないとも」

「甘《あま》っちょろい考えじゃないですかあ? 殺した方が安全だと思いますけど」

「余計なことを言うな、クラウディア。そいつの身柄は協力の報酬《ほうしゅう》だ。どうしようと勝手だろう」

どこかおちょくるように、挑発《ちょうはつ》するような言い方をする彼女を叱《しか》る。此処《ここ》で主人を馬鹿《ばか》にされたと感じたリシュルーと殴り合いになった場合、星名はどちらを取るのか強要される。そんな下らねーことで殺し合いをするなんて嫌《いや》だった。星名の言葉に異世界の人間だからと気を張り詰《つ》めていたのだろう彼女は途端《とたん》に叱られた子犬の如く、しゅんと肩を落とした。

「う、……すみません、せんぱい」

「別に構わんぞ。間違《まちが》ってはいない」

「ヴィンス、それを言われてしまうと俺が嫌なやつになるんだが」

「いいえ、申し訳ありません。わたしが悪かったです。ごめんなさい、異世界の方々。ご協力に感謝します」

気にしてないとヴィンセントに言われてしまい、苦い顔になった星名に首を振った。

クラウディアはしおらしく謝罪と感謝を述べる。ひとつ頷いてそれを受け取ったヴィンセントは星名を手招きした。

「あん？　どうした」

聞かれたくない話なのかとひょいひょい彼に近づいた星名は軽く首を傾《かたむ》ける。

「罪悪感の話だ」

「待て」

即答《そくとう》でストップさせた。

天然なヴィンセントは不思議そうに目を瞬かせる。

「どうした？」

「お前まさかこの状況《じようきよう》下で考えていたのか？　それを？」

「ああ。気になったからな」

絶句である。

結構危険な状況下だったと思うのだが。よそごとに頭のリソースを割《さ》く暇《ひま》なんざよくもあったな、というのが正直な感想だった。

「お前、本当にやばいな」

「君に言われたくないのだが。まぁいい、話を戻そう。罪悪感を利用した洗脳だと言っただろう。君の能力でも弾かれた、と」

「うん」

「これは推測、というか想像だが、受け身でないと効力が薄《うす》くなるのかもな。罪悪感は自分から攻撃するから生まれるものだろう。向こうから攻撃されれば此方が受け身になれる」

「ああ、なるほど。それは面白《おもしろ》い見解だな」

攻撃できないなら攻撃させれば良い、ということか。防御《ぼうぎよ》をするという名目の攻撃ならば確かに罪悪感はないのかもしれない。

「攻撃させるには言葉による誘導が一番有効だろうな。感情を揺《ゆ》さぶるには意思疎《そ》通《つう》が不可欠だ。本人に話を聞く姿勢があるのかどうかにはよるが」

「あと諜報員に言葉による挑発が効くかは微妙なラインではあるよ。でも、良い案だ。何もしないよりは良い」

彼女の目的も不明のまま、というのであればどちらにしろ話は聞かなければならないだろう。

「では、姫達《ひめたち》はこれで失礼します、です」

華奢《きゃしゃ》な体格の人形が片手で気絶した人間を抱える。相変わらずとんでもない膂力《りょりょく》であった。

「もう行くのか」

「我々の目的は果たした。長居は無用だろう。騎士団長の方も気にはなるが、【骨遣い】さえ手に入れられれば問題はない」

テキパキと片付けを終わらせたヴィンセントは無表情を緩《ゆる》めて言った。

「ではな、ホシナ。また、いずれ」

「おう、またな」

どん、と重たい音を響かせてリシュルーとヴィンセントの姿が消える。激しい風が星名の髪《かみ》を揺らした。

残されたクラウディアが後ろ手に手を組んで拗《す》ねた声をあげた。

「せんぱいにしたらすっごい親しそうでしたけどお、いつお知り合いに?」

「この間ちょっとな。良い友人だ」

「ふぅーん? へぇー? せんぱいって、あのお人形さんみたいな方がタイプなんですか?」

「変な方向に取るなぁ、別にそんなのじゃないよ」

「ほんとですか? (人形とか人外が好みとなると本格的に太刀打ち出来ないんで困るんですけど)」

ぶつぶつ呟くクラウディア。

ことりと首を傾《かし》げた星名は灰色の目を空に向けた。白い梟《ふくろう》が上空でくるくると回転している。

「お、見つけたのか」

「何がです?」

「リリカ達だよ。アイツらいないと困るだろ」

「えー、わたしは別にぃ? せんぱいと二人きりでも全く問題ナシですよ?」

「お前、そのノリでオネーチャンに会う気か? 再会してキャラ作ってんのかって言われたらどうすんだよ」

「う、うぐぅ、言ってはいけないことを突《つ》っ込みましたね今‼」

「図星ならやめろよ、色々」

まだまだ元気いっぱいな彼女を適当にあしらって全員が集合するのを待つ。

「この門って、どこに繋がっているんでしょう？」

「地球のどっかだろ。流石にもう移動ポイントはねぇと思うけど」

「地球から異世界経由して地球に移動って何がしたいんでしょうね？」

「単純に考えるなら距離《きょり》を稼《かせ》ぎたい。異世界経由なら移動に制限かからないしな。すごいとこに飛んだり出来るし」

「ですが結局衛星などで居場所はバレます。ＧＰＳを切っていたとしても地球にいる限りいつかは判明してしまうのでは？」

「だからといって異世界に留《とど》まるのも無理な話だろ。根本的な肉体構造の問題もあるが、異世界の国を経由すると外敵だと判断される。一国に留まって俺《おれ》みたいな【ワールドクラス】が投入されたら終わりだしな。国ごとまとめて地図から吹き飛ぶ」

「移動し続けるにも負荷《ふか》がかかる、と。両方敵に回して逃《に》げ回るなんて無謀《むぼう》で、不可能な事なんでしょうね」

クラウディアの声には何処《どこ》か憐《あわ》れみが込められていた。彼女の言う通り無謀な事だ。成功する見込《みこ》みなんて皆無《かいむ》だ。雲を掴《つか》むより難しいだろう。

それでも。

断崖絶壁《だんがいぜっぺき》、先に進めない、終わりしかない道をシャルロットは選んだのだ。それだけの決意を持ってシャルロットは世界を裏切り、今追われている。

「そうだな。……何にせよ、シャルロットは敵だ。敵は排除《はいじょ》する。殺す前に目的やら仲間やらは聞き出さないといけないけど」

「ええ、そうですね。それがわたし達の任務ですから」

彼女の独白4

痛い。痛い痛い痛い痛い痛い痛い痛い痛い痛い痛い痛い。

全身が燃えるように熱いのに、手足の先は氷のように冷え切っている。

温度差に肌《はだ》が粟立《あわだ》ち、歯の根が噛《か》み合わないのは恐怖《きょうふ》からなのだろうか。

熱い、寒い、痛い、苦しい。

単語にするとそんな気持ちでいっぱいだった。

腹の底がぐるぐるぐるして気持ちが悪い。吐《は》き出したいのに苦しいだけで何も吐き出せないからただ苦しいが持続する。

熱くて、冷たく、寒くて、暑い。痛くて、苦しくて、気持ち悪い。

それが嫌でどうにかしたいのにどうにもできないもどかしさが溢《あふ》れていた。

痛い痛い痛い痛い。何も考えたくない。痛くてたまらない。

投げ出された自分の腕《うで》は皮と骨。ゾンビみたいに腐肉《ふにく》に沈んで汚《きたな》らしい。私の腕だというのに他人の腕みたいだった。長い髪は泥《どろ》と血に塗《まみ》れ、見る影《かげ》もない。

ああ、なんて無様。なんて愚《おろ》か。

こんなにも痛い思いをして、世界の為《ため》に戦うなんて馬鹿みたい。

そう思っているのに逃げることも歯向かうこともできない私がこの世で一番馬鹿な生き物ね。

第五章▼

▲地球：//ヨーロッパ北部古城決戦

1

門を抜《ぬ》けた先は古びた古城の城門前だった。

周りは森に囲まれ、手入れはされていない打ち捨てられた城だ。だが重厚《じゅうこう》な古城は森の中にあってもしっかりと聳《そび》え立ち、廃墟《はいきょ》というにはあまりにも存在感があった。壁《かべ》も門も手入れをしていない割にはそのままの機能を保持していて中に入っても問題なく使えるだろう。

もしかしたら、異世界側の人間が手入れをしていたのかもしれない。

きょろきょろと軽く周りを見渡《みわた》した星名《ほしな》は【星の歌】を起動させた。どん、と空気が目に見えて波打つ。

ふむ、と一つ呟いて、

「取り敢えずこれ以上逃げられることはないだろう。門は一つだけ。蜻蛉返《とんぼがえ》りは出来ない門だ。他の門は近くにはないし、仲間が来ることもなさそうだな」

合流したリリカがちゃりちゃりとミニチュアを鳴らしながら星名の隣《となり》にやってくる。

細かな傷はあるものの、軽傷ともいえないレベルの傷だった。彼女も問題なく戦えそうだ。彼女は水晶玉《すいしょうだま》のような瞳《ひとみ》をきらりと光らせて頷いた。

無線がジジ、と音を立てる。アナスタシアの声が飛んできた。

『まずは状況説明からよ！　何があったか明確に説明しろ！』

「説明して欲しいのこっちなんだが。ここ何処《どこ》？」

地球から異世界に移動し、また地球に帰る。言葉にすると簡単だが、別の門を使っている以上、出てくる場所は何処になるかわからない。極端《きょくたん》な話、北国から南国にこんにちは、みたいなことになったりする。

あまりにも環境《かんきょう》の変化が激しいとそれはそれでしんどいのだ。今回その心配はなさそうだったが。

『今必要なのか、その情報は？』

「いる。でないと【星の歌】の範囲《はんい》何処まで広げて良いかわからんだろ。味方の頭を潰《つぶ》したら困るのお前だろ」

「ねぇ、ちょっと待って!!　今問答無用で使ってなかった!?　ねぇ！」

がっくんがっくんと肩を掴まれて揺さぶられる。されるがままになりながら、星名はのんびり嘯《うそぶ》いた。

「気のせい気のせい」

「おい!!」

『衛星から確認《かくにん》したが、今いる場所はヨーロッパ北部だな。ノルウェーの森だ。此方もすぐに部隊を動かす』

「了解《りょうかい》」

『今はどうなっている?』

「こっちの損害は甚大《じんだい》。異世界でだいぶ削《けず》られたな。クラウディアは無傷だが、リリカが負傷。人数も大幅《おおはば》に減ってる」

『お前は?』

「身体がちょいぐちゃぐちゃ。今、急速に治している」

骨の龍との戦闘のせいで、星名の中身が少々大変なことになっていた。無茶《むちゃ》をしなければ問題ないが、連続しての長時間戦闘になればやり方を考えなければならないだろう。

『殺せるか?』

「まぁ問題ないんじゃないかな。殺すだけなら出来るよ」

そう断言してアナスタシアの返事を聞く前にぶち、と無線を切った星名は気怠《けだる》そうに言い放った。

「間に合ったら良いなーぐらいで行くかあ」

とことん呑気《のんき》な声だった。

人数の少なくなった部隊を率いて彼らは城の方へと歩き出す。

「ねぇ、星名」

「んー？」

「シャルロットって人、殺すの？」

「殺さないと殺されるぞ」

あんまり答えになっていない答えだったが、リリカは一つ目を瞬《しばた》かせて口を閉じた。

微妙な答えだという自覚があるのか、星名は一呼吸置いてから言葉を続ける。

「殺さないで済むなら殺さないけど、捕獲《ほかく》したところで多分、処刑《しょけい》は確定だ。俺が呼び掛《か》けても無駄だろうな。規模が規模だし、そもそも【トゥルー・マザー】が許さないだろうよ」

「子供なんでしょう？　温情とか湧《わ》きそうなものだけど」

「アイツはそんなに甘くない。自分の子飼いのせいで【ワールドクラス】の格下げも検討されているからな。何が何でも見せしめにする気だろう。他の【ワールドクラス】に対しても、軍の上層部に対しても、自分はまだ使えるとアピールする為に」

星名がそう言うとリリカは驚いた顔を見せた。逆にクラウディアは当たり前だと言うように頷く。

「わたし達諜報員《ちょうほういん》は立場上、非常に危険な任務に就《つ》いています。特別技能戦闘員《せんとういん》の中でも特に。見つかれば拷問《ごうもん》は必須《ひっす》。異世界に滞在《たいざい》する為の時間制限もある。その中でたった一人、自らしか頼れる者はいない状況下で誘惑し、潜入《せんにゅう》し、時には暗殺すら行います」

「適性があっても過酷《かこく》な条件での任務に精神に異常をきたす奴《やつ》も少なくない。だから諜報員の救出には軍も全力を注ぐのさ。死んでる方が多いが、僅かな生存に望みをかける価値があるからな」

「ええ、ですからわたし達の投入にはお母様も細心の注意を払《はら》う。文字通り、心を砕《くだ》いて育て上げた子供なのです。故に彼《か》の方は失敗を許しません。ましてや裏切りなど」

「だけど、あの女にとって自分の子供は何処まで行ってもただの道具なんだよ。大事に手入れして使っている道具。愛着はあるだろうが、道具のせいで自分の仕事が出来なくなるのは許せない。壊《こわ》れた道具は捨てるだけ。そんな扱《あつか》いなんだ」

「……すごい冷たい扱いだと思うのは、おかしなことかしら」

話を聞いていた兵士達も言葉を失ってしまっていた。

一般《いっぱん》兵士からすれば特別技能戦闘員は恵《めぐ》まれた存在だ。諜報員は特にその傾向《けいこう》が強い。飄々《ひょうひょう》と安全な場所で情報だけを取ってくる。それがどれだけ難しいかという想像は出来ないのだ。何でもない顔をして、苦労を隠している彼女達《かのじょたち》は実に簡単そうにこなしてみせるから。

そんな苦労をしているなどと思っても見なかったのだろう。あまりにも残酷《ざんこく》だと感じているのだ。

リリカの選んだ言葉にクラウディアは柔《やわ》らかく微笑《びしょう》した。ふざけた様子ではなく、優《やさ》しさに溢れた笑《え》みだ。

「ふふ、お気遣《きづか》いありがとうございます。大丈夫《だいじょうぶ》ですよ、おかしなことです。ですが、わたし達は本当の親子関係ではありませんので。わたしはそこら辺はちゃんと線引きしているのであんまり気にしていません。上司なんてそんなものでしょう？　名前がちょっと違《ちが》うだけですよ」

「そう。なら、良いわ」

ぶっきらぼうながらも頷いたリリカに笑みを向けた彼女は続けて囁《ささや》くように告げた。

「せんぱい、シャルロットお姉様が何故《なぜ》、【LOSER】、負け犬などと自分で個別識別コードを付けているのか、ご存じですか？」

「知らない。なんでだ？　随分と自虐的《じぎゃくてき》だと思うけど」

「『最初から負けていれば、勝敗は関係なくなるから』だそうです。わたし達は見つかれば終わります。だから最初から勝敗をつけない方法を使う。気付かれることなく、見つかることなく、任務を終える。そういう意味を込《こ》めているそうですよ」

「ふぅん？」

珍《めずら》しく素気《すげ》ない態度だった。星名はつまらなそうに灰色の目を眇《すが》める。

「他人思いな奴だなぁ」

誰に言うでもなく呟《つぶや》くと城の扉《とびら》を蹴《け》り飛ばした。

2

シャルロットは逃げも隠れもせずにそこにいた。

開け放たれた部屋の中央。朽《く》ち果てた玉座に腰掛《こしか》けた彼女《かのじょ》は雰囲気《ふんいき》に似合わぬ苛烈《かれつ》な目を星名達に向けた。

全体的な雰囲気はか弱い。小動物じみた庇護《ひご》欲すら掻《か》き立てる仕草なのに、その目だけが何処までも威圧的《いあってき》だ。

その中に輝《かがや》く鮮《あざ》やかなまでの憎悪《ぞうお》がそう思わせるのだろう。さっと周りを見渡したが、騎士団長らしき姿はない。隠れている可能性も視野に入れつつ、意外そうに星名は問いかけた。

「逃げなかったのか。もっと無様に逃げ回ると思っていたけど」

「ここまで来れば逃げることこそ愚行《ぐこう》でしょう。わたくしにもそれなりの誇《ほこ》りというものは存在するわ。あなた方にとっては取るに足らないつまらないものでもね」

「へぇ？」

兵士達が一斉《いっせい》に銃《じゅう》を向けた。

その様を一瞥《いちべつ》して、シャルロットは星名に目線を合わせた。

「わたくしに攻撃《こうげき》することは不可能だと、前に学習しなかったの？　愚か者と馬鹿につける薬はないわよ」

「勿論《もちろん》、知っているさ。だからお喋《しゃべ》りしようぜ」

特に構えることなく、星名は笑う。余裕《よゆう》のある表情が気に食わないのか、シャルロットは眉根《まゆね》を寄せた。

「話す事はないと言ったはずよ」

「お前、【トゥルー・マザー】が嫌《きら》いだろ」

突然《とつぜん》、星名はそう言った。不意をつかれたのか、シャルロットが榛《はしばみ》色の目を瞬かせる。

「は？」

「正確に言うなら怖《こわ》くて嫌い、かな」

「……あなたに何がわかると？」

「アイツのやり方なら色々と。最近、諜報員の質が悪いって話があってな。その話が出る前に嫌な噂《うわさ》を聞いたことがあるのさ」

曰《いわ》く、【羊の献身《けんしん》】。

情報を効率よく集める為にやる方法で諜報員達がわざと異世界側に囚《とら》われるという計画だ。自分から囚われることで情報を引き出そうとする計画。捨て身とも取れる、星名からすれば馬鹿馬鹿《ばかばか》しい作戦が。

「それ、って、捕《つか》まっちゃった諜報員は死んじゃうんじゃないの？」

リリカが信じられないようなものを見るような顔をした。掠《かす》れた声で彼女は首を振《ふ》る。

星名は当たり前だと言うように頷いた。

「【捕まれば拷問は確定】で、普段《ふだん》なら任務をこなし、生き延びているお前達からすれば信じられない計画だろう。だが、その計画はあった。お前はその計画に噛んでいた。違うか？」

「……」

シャルロットの表情が凍《こお》りついていた。

その表情が語っている。何故、知っているのかと。

【クリエイティブ・リスト】。アレは俺達《おれたち》、特別技能戦闘員にとってはアキレス腱《けん》だ。その存在を知っていた、ということはセーフティ・ワードだったんだろう」

「どういう意味です？」

「つまりな、拷問された時に喋ったように見せかける為のワードなんだよ。【クリエイティブ・リスト】って言葉は重要情報だが、肝心《かんじん》の中身については知らされていない。だけど、向こうはそのことを知らない。ただ、そういう秘密情報が出てくるってことはコイツは重要人物だ、殺してはいけない。そういう風に相手に思わせせるんだ。【トゥルー・マザー】なりの安全装置だろうな。そこに至るまで、どれほどの拷問を我慢《がまん》させるかは知らないが」

「あ、そうか。【クリエイティブ・リスト】は星名とか、そういう【ワールドクラス】でないと知らないのよね。存在を知っている方がおかしいのか」

「そういうこと。俺達【ワールドクラス】は結構自由気ままだ。色々なことが許されるけど、あまりにも行き過ぎた行為《こうい》は許されない。医療《いりょう》関係なら死者蘇生《そせい》、不老不死、戦争関係なら私利私欲の為の戦闘《せんとう》行為、貿易関係なら偏《かたよ》った場所への支援《しえん》、とかな。教育関係に関しては言わずもがな。でも、その計画は決行された」

【行き過ぎた行為】であるとは認定《にんてい》されなかった。そしてシャルロットにはそこで何かが起こったのだろう。

能力としては上位互換《ごかん》であるはずの【トゥルー・マザー】の洗脳を解く何かが。

「ええ、確かに有りました。【羊の献身】、情報を得る為だけにわたくし達が捧《ささ》げられる羊となる計画。この身で確かに味わいました。わたくしは特に適任だったわ。何せ、扱う能力は罪悪感。拷問すればするほど罪悪感が芽生えてくる」

囁くような口調から徐々《じょじょ》にはっきりと。

シャルロットは苛烈な目を保ったまま語り出した。

「ある日、耐《た》えきれなくなった兵士の一人が、わたくしを逃《のが》した。これで君は助かるはずだと情報を渡してね。これ以上、わたくしを拷問することには耐えきれないと、あの人はわたくしを連れて国を逃げ出したの」

「自らの国を裏切ったのですか?」

「ええ、わたくしと共に逃亡《とうぼう》劇を繰《く》り広げ、異世界から地球に帰還《きかん》する門へと辿《たど》り着きました。勿論追手はかかりました。此処に辿り着いた時、既《すで》にあの方は重傷だった。わたくしはあの人の助命を嘆願《たんがん》するべく帰還しました。わたくしは訴《うった》えた。多くの人に、何よりもお母様に。でも、何をしても、わたくしのすべてを使っても、何も変わりはしなかった」

助命が聞き届けられることはなかった。あったのは無情なまでの無視だけ。

わかりますか？　とシャルロットは血を吐くように叫《さけ》んだ。

「愛する人が、命をかけても‼　世界は何も変わらなかった‼」

叫んで、いきなり熱が冷めたように、一瞬《いっしゅん》で口調が平坦《へいたん》になった。

「その時、わたくしはお母様……いいえ、【トゥルー・マザー】から解放されたの。後はご存じの通りよ。愛する者を殺されたのならば、復讐《ふくしゅう》するのが道理でしょう。異世界よりも地球が憎《にく》い。だからすべてを壊しました」

ギラギラと。

マグマのような熱を放つ激情を見せるシャルロットに誰《だれ》も口を挟《はさ》めなかった。

それは、世界を敵に回すには十分な理由に思えたからだ。

異世界も、地球も、シャルロットからすれば等しく敵だ。復讐も、裏切りも、当たり前に行ったものといえた。

だが、それは星名以外にとっては、だ。

彼《かれ》は迷うことなくはっきり言い切った。

「知るかよ、んなもん」

吐き捨てた言葉には温度がなかった。

心底どうでも良さそうな、冷たい言葉でもあった。

「お前の不幸など知ったことか。俺らに関係ねえだろ、下らねえもんに巻き込むんじゃねえよ」

カッと、頬《ほお》に血を昇《のぼ》らせたシャルロットが吠《ほ》える。

「何も知らないくせに!!」

「あぁ、知らないね。悲劇のヒロインぶって楽しいか？　異世界どころか地球まで巻き込んだ盛大なラブストーリー（笑）繰り広げてさ」

何処までも残酷に。躊躇《ためら》いもなく彼は切って捨てる。

「……ええ、あなたのような勝ち組にはわからないでしょう。殺した相手に怯《おび》え、殺されるかも知れない恐怖に怯えるわたくし達の気持ちなど、恵まれているあなたには!!」

「恵まれてる？　そんなもん、誰だって誰かに対して思うものだろ。誰だって自分の不幸が一番だものな？」

ひどく悪意的な言葉だった。傷口を抉《えぐ》って、焼いて、なぶるように星名は言葉を吐き出す。

「ほ、星名？」

珍しい姿にリリカが困惑《こんわく》している。それを無視して星名は続けた。決定的な言葉を放つ。

「そもそもお前の言う愛情だって、本当に愛だったのか？　お前の使う能力による誤認《ごにん》だってあり得るからな」

「そこまで愚弄《ぐろう》しますか。仮にもわたくし達を守る役目もある【ワールドクラス】様が？」

「それこそ言われたくないね。お前が本当に復讐したかったのなら、【トゥルー・マザー】だけ狙うべきだった。【アルテミス】、【フォレスト・イーター】、【猟犬狩人】、【宝石妖精《ようせい》】、【二位一体】、その他諸々《もろもろ》。無関係なアイツらを巻き込むべきではなかった」

「……それ、は」

「巻き添《ぞ》えで死んだんだ。お前のわがままのせいで。身勝手な復讐に巻き込まれて何の関係もないのに死んだ。お前が逃げ回るから異世界に出向く羽目になったし、それで兵士がどれだけ死んだと思う？　特別技能戦闘員でもない、一般兵士が、だ。無関係な者を殺しておいて、自分の復讐だけは正当化しますってのは無理があるんじゃねぇの」

シャルロットは言い返せなかった。

それはそうだろう。彼女の敵は本来ならば【トゥルー・マザー】だけのはずでその過程で部下だった彼女達が巻き込まれた。

何の関係も、勿論罪などあるはずがない。

それを星名は怒《おこ》っているのだ。

「お前のやることは温《ぬる》いんだよ、何もかも。溶《と》け切った氷より気持ち悪い。やることなすこと全部が中途半端《ちゅうとはんぱ》だ」

「はっ、あなたにとっては一般兵士ですら仲間の一人だと?」

嘲《あざけ》るようなシャルロットの言葉に星名は即答した。

「当然だ。だからなるべく守るし、助ける。共に戦う仲間に変わりはない」

特別技能戦闘員に重きを置いている自覚はある。

だがそれはあくまで比重が傾いているだけ。一般兵士を見捨てる理由にはならない。

助けられるなら助ける。そのスタンスは変わらなかった。

乾《かわ》いた灰色の目と、激情に濡《ぬ》れる榛色の目が、じっと互《たが》いを見つめ合う。

3

先に折れたのはシャルロットの方だった。

「……はぁ、もう良いです。何を言っても無駄《むだ》なんだもの。はいはい、わたくしの負けですよ。やってられないわ、こんなの」

肺の中の息をすべて吐き出す勢いで息を吐くと彼女は朽ちた玉座から降りる。クラウディアとリリカが安堵《あんど》の息を吐《つ》いたのがわかった。

星名達はシャルロット殺害命令を出されている。だが彼女自身が投降してきた場合、取《あ》り敢えず捕獲という手段を取ることができた。つまり、殺さなくてもいいのだ。処刑という逃れられない死が待っていても、猶予《ゆうよ》を延ばすことはできる。

力を抜いた動きで近付いてくるシャルロットは星名達の手が届く範囲《はんい》になって、いきなり真下に沈《しず》んだ。

「なんて、ね」

その手にはギラリと輝くナイフが握《にぎ》られていた。至近距離での攻撃は大して力がなくとも問題なく人を殺せるだろう。反射的な攻撃はシャルロットには意味がない。

一番油断していて、攻撃することが出来ない瞬間《しゅんかん》を狙《ねら》う。諜報員らしい手段だった。

だけど、吐息《といき》のように星名は囁いた。

「だと思ったよ」

ドゴンッッ!!　と轟音《ごうおん》を立ててシャルロットが壁に激突《げきとつ》する。朽ち果てた玉座を巻き込んで、彼女は大きくバウンドし床《ゆか》に無様に転がった。

「(ヴィンスの言った通りだな。向こうから攻撃されると罪悪感による防御は発動しないのか)」

冷静にその様を観察し、星名は足を戻《もど》す。獣《けもの》じみた動きでシャルロットに近づいていった。あまりの早業《はやわざ》に隣にいたリリカが呆然《ぼうぜん》とした声を漏《も》らす。

「へ?」

「手加減に重ねた手加減ならアリなのか。うーん、人間ってのは意外と単純に出来てるなぁ。罪悪感なんて簡単に克服《こくふく》可能とは」

近寄ってこようとするリリカ達を片手で制し、床に転がるシャルロットを見下ろしながら星名は言った。

彼女はヨタヨタとふらつきながらも、何とか立ち上がる。蹴られた腹を押《お》さえながら呆然としていた。

「あの威力《いりょく》で、手加減っていうんですか」

「あはは、お前がか弱いってのもあると思うけど、うん。そうだよ、手加減だ。普段出しているよりずっと手加減している。大体一割未満ってとこだ。元々俺は本気出して戦えないしな。手加減は得意なんだよ」

「でも、でも！　そんなことは不可能よ。わたくしを攻撃すると罪悪感が刺激《しげき》される。攻撃する意志はわたくしへの防御となるはずなのに。何故？」

「手加減しまくったらそうでもないみたいだな。俺も今適当にやっただけなんだけどさ。能力を使わないで自分の肉体使って殴《なぐ》るだなんて、俺は面倒《めんどう》くさいから嫌いなんだけど」

手加減しているから罪悪感なんてものはない。一撃《いちげき》で殺すことが出来ないなら何度でも殴って殺す。星名はそう言っていた。

「どうする？　降伏《こうふく》するならそれで終わりだ。死にそうになってからやっぱりやめますが通じるほど、俺の手加減は優しくねぇぞ。ちなみに言うと、俺がギリギリを攻《せ》めると止める前に大体死ぬ」

「本当に馬鹿《ばか》な人達」

「あん？」

「自分が何と戦っているかも知らないくせに」

殴られて口の中を切ったのか、唇《くちびる》から垂れてきた血を拭《ぬぐ》ったシャルロットは吐き捨てる。

「変なこと言うんだな、お前。異世界とだろ？」

「本気でそう思っていらっしゃる？」

嘲《あざけ》りと憐れみ。両方が混ざった声だった。榛色の目には嘘《うそ》がない。リリカ達とは距離がある。聞こえてはいないだろう。本人もあまり聞かせる気はないのか、囁きに近い声だ。

「何が言いたい？」

「真実を知らず、ただ流されるままに戦うあなた達が心底憐れだわ」

押されているのはシャルロットの筈《はず》なのに、何故か余裕なのは彼女の方だった。

上から目線で、か弱いはずの女は言う。

「教えてあげる。あなた達の本当の敵は、」

言葉が落ちる前にその手にはナイフが握られていた。美しい煌《きら》めきを放つ、宝石で作られたナイフだ。

ナイフが、その細首に当てられる寸前。

急に時間の流れが遅《おそ》くなった。すべての動作が、すべての流れが止まったように遅くなる。

「あ？」

「こんにちは、異世界人」

いつの間にか、目の前に男が立っていた。

星名達とは全く違う時代錯誤《じだいさくご》な鎧姿《よろい》だ。全身を鈍《にぶ》い銀色に彩《いろど》った無骨な男だった。

「お前、もしかして、」

「シルヴァーツ王国騎士団長《きしだんちょう》。元、だがね。今は引退している」

騎士団長と名乗った男は腰《こし》に下げた剣《けん》でシャルロットの掴むナイフを手から叩《たた》き落とした。そのまま拾うと懐《ふところ》に仕舞《しま》う。

「今の今まで出てこなかった野郎《やろう》じゃねぇか。お仲間の一人は助けなかったのに、シャルロットの時は出てくるのか？」

「今彼女に死なれると困るんだよ。少々、見てられなかったので介入《かいにゅう》した」

星名の嫌《いや》みにも穏《おだ》やかに対応する。短気なタイプではないらしい。

そもそも最初に索敵《さくてき》した時にはシャルロットしかいなかったのにどうやって侵入《しんにゅう》したのだろうか。

「君達が城に入ってすぐ、私がこちらに侵入した。気付かなかったのも無理はないよ」

疑問に先回りして答えられ、星名は警戒《けいかい》を強める。何故彼《なぜかれ》が時間の流れから切り離《はな》されているのかは知らないが、男の能力の使い方によっては自分も遅くなるかもしれない。そうなれば無防備なままなぶり殺しだ。

「君は、疑問に感じたことはないか？　何故、私達が君達に対して王手をかけないのか」

腰から外した剣先《けんさき》を床に着けて、男は突然質問してきた。

「地球が頑張《がんば》ってるからだろ」

投げやりに星名が返答すると、

「此方《こちら》との戦力差は歴然だ。君達から諜報員を送られていることを理解しつつ、何故具体的な対策は何もせず、されるがままにしているのか。圧倒的《あっとうてき》な戦力差があるはずなのに地球すべてを侵略《しんりゃく》されていないのは何故なのか。疑問に思いはしなかったかな」

「いつでも滅《ほろ》ぼせるぜって脅《おど》しか？」

「いいや。これは忠告さ。良いものを貰《もら》えたからね。お礼代わりみたいなものだよ。私達は君達の未知の技術に期待しているんだ。その力が勇者の剣となることを」

やっぱりか、と星名は内心で舌を打つ。技術流用は始まっているらしい。それも実用的な所まで持っていけるほどに。

「空想の話なら他所《よそ》でやってくれないか？」

「空想ではない。真面目《まじめ》な話だよ。言っただろう、お礼代わりだとね」

「それを俺に言ってどうする」

「いつか、意味がわかる。それほど遠くない未来の話だ」

要領を得ない。何が言いたいのかいまいちわからない。黙《だま》り込んだ星名は伸ばしたエネルギーをぶん回した。

「殺されにわざわざ出向くとはな」

ごう、と風を切ってエネルギーが迫《せま》る。

男はそれを、持ち上げた剣で見事に弾《はじ》いてみせた。だが、星名は容赦《ようしゃ》なくその手足を弾《たま》で撃《う》ち抜く。

時間の流れを操《あやつ》るであろう能力は確かに脅威《きょうい》だが、それ以外は普通《ふつう》だった。星名の敵ではない。彼の動作が遅くなっている訳ではないので倒《たお》すのは簡単だった。

床に転がった男に近づいた彼は男を見下ろす。驚《おどろ》いた様子もない、静かな顔だった。負けるとわかって出てきたのだ。

「負けるってわかっていただろう。何故、出てきた」

「彼女にはだいぶ協力してもらった。恩を返すのは当たり前だろう」

「それで自分が代わりに捕まると？　大層な慈愛《じあい》のお気持ちで」

「やるべきことは既に終えた。これは私の罪の清算だ。恩を返すための行動だ。後悔《こうかい》はないさ」

「俺だけを残した理由は？」

「君は知るべきだ。世界のすべてを」

更《さら》に星名が質問を重ねようとすると男が震《ふる》える手を持ち上げた。星名が飛び退《の》く前に彼は硬質《こうしつ》な輝きを放つ短剣《たんけん》を取り出した。それは【宝石妖精】が使っていた武器だ。

「は？」

自ら胸を貫《つらぬ》いた彼は躊躇いなく剣を引き抜く。ぶしゃりと噴《ふ》き出した血が星名の頬を濡らした。

途端《とたん》に時間の流れが元に戻る。

ぽかんと惚《ほう》けたシャルロットは自分の掌《てのひら》を見つめていた。これ以上自殺を図《はか》られると困るので星名は距離《きより》を詰《つ》めるとその手首を掴《つか》んだ。

「おか、あさまの、呪《のろ》いが、」

「わかっている」

一言吐き捨てた彼は掴んだ細い手首に力を込める。

「いきなり死体が転がってるんだけど、誰よこれ」

「敵だ。が、死んでるから気にするな」

「えぇー？　どっから出てきたのよ？　ニンジャ？」

「せんぱい」

騎士団長の死体に驚きながらもリリカとクラウディアが近くに寄ってくる。無言でシャルロットと見つめ合っていた星名は数秒して目を逸《そ》らした。彼はクラウディア達に指示を出す。

「二人とも、コイツを拘束《こうそく》しろ。また自殺されたら困る」

「は、はい？」

「え、何？　自殺？　ちょっと、どういうこと？」

星名は吐《は》き捨てた。

「自殺は自殺だよ。もう問題ないだろうが、一応警戒しておけ。最後の最後で嫌《いや》がらせがきたんだ」

「嫌がらせ？」

「悪趣味《あくしゅみ》なことだ。なぁ？【トゥルー・マザー】」

無線に向かってそう言うと、アナスタシアと繋《つな》がっているはずのソレから優しげな、甘《あま》い毒が返ってきた。

『最後で通じたようで何よりですぅ。洗脳は完全に解けきってはいなかったようですねぇ』

「本人は生きてるよ」

無線越《ご》しにわかるほど冷たい声が聞き返した。

『なんですって？』

「お前の呪いは発動した。だが、それは別の奴が被《かぶ》ってくれた。本人はピンピンしてるよ。そしてもう一回はない。強力な代わりに二度目はない。残念だったなぁ、殺せなくて。恨《うら》むなら自分を恨めよ、【トゥルー・マザー】」

楽しそうに星名は言った。

騎士団長の自殺は【科学魔術《まじゅつ》】の応用だ。魔法《まほう》の中には呪いがある。かけられるなら防ぐことも返すことも出来るだろうと開発された呪詛《じゅそ》返しの一種だ。ただし能力の程度は低く、誰にでも使えるが自分が引き受けることしか出来ない。【クリエイティブ・リスト】の中で組み合わせられないかとどのリストの中にも参考程度に乗っている能力だった。

「コイツの身柄《みがら》はこっちで保護する。これ以上、余計な手出しをするなら俺に喧嘩《けんか》を売っていると判断するぞ。相手をして欲《ほ》しいなら喜んで、だ。その結果、地図から消滅《しょうめつ》しても知らねえがな?」

『良いでしょう。【銀の惑星《わくせい》】、あなたに任せ、』

星名は言うだけ言って最後まで聞かずに無線機を握りつぶした。残骸《ざんがい》を床に投げ捨てる。

欠片《かけら》を手を振って払っているとシャルロットの手を拘束していたクラウディアが顔を上げた。

「せんぱい。お姉様は、どうなるんですか」

「どうにも。俺任せになったから取り敢えず独房《どくぼう》行きだ。聞きたい事もあるしな」

座《すわ》り込んだままされるがままになっていたシャルロットがのろのろと視線をあげた。彼女は横に転がっている騎士団長の死体を見る。

彼女は何事かを囁いた。そうして星名を見上げる。

「すべて、話すわ。わたくしの負けよ」

4

恋《こい》を知った。

柔らかくて、甘くて、幸せな気持ちになるものだった。

恋は好きだと思う。愛は嫌い。

恋は一方通行になれる。愛のように見返りを求めなくていい。想《おも》うことは嫌いだけれど、恋は素敵《すてき》なものだった。

恋を知らなければ孤独《こどく》というものを知らなかった。

恋を知らなければ共にいる唯一《ゆいいつ》の喪失《そうしつ》を感じることもなかった。

とても甘美《かんび》。でもとても苦いものだった。
きらきら、きらきら。星のように煌めいて。
砂糖菓子《がし》のように口の中でとろけるよう。
この想いがあるだけで、私はずっと笑っていられるの。
なんて素敵な感情だろう。
醜《みにく》くて、醜くて、笑ってしまうほど。滑稽《こっけい》で仕方ないわ。
強く強く、恋焦《こいこ》がれて、それは私の身すら燃やすでしょう。
あらゆるものを放《ほう》り投《な》げ、手にした全《すべ》てを捨て置いて。
たった一つの恋だけを握りしめて世界の全てに喧嘩を売るの。
あんなに大事にしていたのに、不思議ともうどうでも良い。
あなたとの恋の方がずっとずっと大事になっていた。
あなたは笑うかしら？　それとも怒るかしら。嘆《なげ》いてしまうかもしれないわね。
それももう、あなたは居ないからわからないけれど。

大事なものを盗《ぬす》みました。
それを渡すことで起こることを予期しながら。

それでも私は渡しました。
私だけではない、私を含《ふく》めたすべてが危険に晒《さら》されると分かっています。
でも、これは私の世界への復讐です。
復讐を決めたなら何が起ころうと後悔してはいけません。
たとえ死ぬとわかっていても、やらなければならないこともあるのです。
貫きたい想いがあるのです。
これは、愛を知らず、恋を知った、愚《おろ》かな女の復讐なのです。

終章 地球：//ノルウェーの森、海岸近く

1

「おかえり、【銀の惑星】、【籠城喰い《ろうじょうぐ》】、【パーフェクト・イリュージョン】。そして部隊のみんな。お疲れ様《つかさま》だったね」

「帰ってきて早々、見る顔がお前だということになんか苛《いら》つく。一発殴って良いか？　そのお綺麗《きれい》な顔面」

満面の笑みで迎《むか》えてくれたのは上官のアナスタシアではなく、カトリだった。

星名《ほしな》は無表情で言い放つ。嘘ではないので拳《こぶし》を軽く握った。

「機嫌悪《きげん》いなぁ、せっかく労《いたわ》りに来たのに」

「アナスタシアが使い物にならないからだろ」

「どういうこと？」

「【トゥルー・マザー】が介入したせいだ。アナスタシアに直接干渉《かんしょう》して無理やり能力を

使ったんだろう。さっきの無線はアナスタシアを操った【トゥルー・マザー】だったのさ。だが本人は遠く離れた都市で監視《かんし》付き、だ」

「つ、つまり？　遠隔《えんかく》で他人を操作して、そこからまた別の違う人を操作して、自害させたってこと？　未遂《みすい》だったけど、でも能力自体は発動してたのよね？」

「とんでもないよねぇ。流石《さすが》は【ワールドクラス】、教育専門、洗脳のスペシャリストだよ」

「お前の言う通り俺は機嫌悪いからこの話ここで続けるならそれなりの覚悟《かくご》あるよな？」

具体的な話をするならボコボコにされる覚悟が。話なんて聞かねぇぞと暗に告げる星名だった。

それを汲《く》み取ったカトリはしょうがなさそうな笑みを浮《う》かべる。

「本格的にご機嫌斜《なな》めだなあ。何がお望みだい？」

「シャルロットと話す時間を寄越《よこ》せ。誰にも邪魔《じゃま》されないようにな」


と、いうことで。

一旦《いったん》全員と別れた星名は梟《ふくろう》を連れてシャルロットが突《つ》っ込まれた独房に足を運んでいた。

彼女は星名達が帰還するより先に軍に戻されている。残党処理など色々あったので援軍《えんぐん》が到着《とうちゃく》してもやることは多くあるのだ。

その間にシャルロットは独房として作られている簡素だが頑丈《がんじょう》な部屋の中に監禁《かんきん》されていた。準備が出来次第《しだい》、本国の監獄《かんごく》へと収監《しゅうかん》される。

胸より上は透明《とうめい》な作りになっている扉の前で立ち止まり、声をかけた。

「よう、シャルロット」

首に魔術封《まじゅつふう》じの首輪、両手には無骨な作りの手錠《てじょう》をかけられたシャルロットは榛色の瞳《ひとみ》を星名に向けた。

意志の強かった彼女の瞳は穏やかに凪《な》いでいる。

「こんにちは、【銀の惑星】。思ったより早かったわね」

「お前の身柄は俺の預かりだからな。話す時間ぐらい作るのは簡単だ」

「そう」

「お前が持ち出した【クリエイティブ・リスト】。何処《どこ》に流した？」

「シルヴァーツ王国。でも、どうかしらね。騎士団長様、引退していたし。あの人に渡《わた》しただけで後がどうなったかなんて知らないわ。地球がどうなろうとどうでもいい。復讐を手伝ってもらう代わりに渡した正当な報酬《ほうしゅう》だもの。どうしようと自由ではなくって？」

ぐ、と星名は眉《まゆ》を寄せた。何処に拡散されたかわからないのは困る。隠《かく》し立てしている訳でもなく、本当に知らないのだろう。興味がないから詮索《せんさく》もしなかった。全部ではなかったことは幸いだ。だが、これから戦う相手には知られているかもしれない可能性も視野に入れていかなければならない。

　騎士団長を捕まえられていれば良かったが、本人はもうこの世にいない。

　そこでふと、彼は思い出した。

「勇者の剣ってなんだ？」

「わたくしが捕まっていた間に引き出した情報の中にそんな単語があったわね。隠語《いんご》みたいよ、何かの。救世主代わりというか、宗教的な話。この世が荒《あ》れる時に勇者様が世界を救うだろうって言われてる」

「お前が言っていた本当の敵とは？」

「え？」

　ポカンと彼女《かのじょ》は口を開けた。不思議そうに彼女は首をかしげる。

「何それ」

「お前が言った言葉だが？　本当の敵を知らずにいる、と」

「知らないわ。わたくし、そんなことを言ったの？　本当に？」

「……」

　嘘をついている音じゃない。

だとするとと何かがシャルロットに干渉した？　何の目的で？

「【銀の惑星】？」

「何でもない。また何か思い出したら教えろ」

聞きたいことはあらかた聞いたので帰ろうとした星名はそうそう、とついでのように告げた。

「あの鎧の男。代わりに呪いを受けたのはお前への罪の清算だそうだ。恩を仇《あだ》で返す訳にはいかないと言っていた」

「罪の清算」

「心当たりがありそうだな？」

「わたくしを拷問《ごうもん》し、愛《いと》しいあの人を最後に殺したからでしょう。そう、罪だと思ってくれていたのね」

最後の言葉はほとんど独り言だった。返事を求めていない。

星名は何も言わずに踵《きびす》を返すと、元来た道を戻っていく。歩きながら口を開いた。

「ヴィンス。【骨遣《ほねづか》い】が誰から能力を貰ったかわかったか？」

独特の音を立てて肩《かた》に止まった梟から声が返る。

『不明だ。元騎士団長から報酬という形で能力を貰っていたようだな。使用回数が決まっているらしい。魅了《みりょう》はもう使えないと』

「回数制限有りとは言えこっちの技術を使えるのか。何処に流れたか追えるか？」

『ああ。出来るだけ探《さぐ》ってみる』

「恐《おそ》らくだが近々大規模な殲滅《せんめつ》戦がある。そっちに盛大に喧嘩を売る奴《やつ》だな。場所が分かれば伝えるから巻き込《こ》まれないようにしろよ」

『了解《りょうかい》した』

「悪いな。そういや【骨遣い】はどうなるんだ？」

『国に引き渡した。混乱を招き、罪なき民衆を殺した事は確かだからな。ただ、地球との関連も考えられるので処刑《しょけい》は保留だろう。刑罰《けいばつ》を科せられるだろうが、今のところ、命に別状はあるまい』

「あ、それで思い出した。異世界に行った時に襲《おそ》ってきた奴ら何なんだよ。ぶっ飛ばしておいてなんだけど」

『リシュルーが言っただろう。アレはギルドの者達だ。ならず者を狩《か》る、賞金稼《かせ》ぎの類だな。アレらからすれば私も同業者扱《あつか》いになる。誰が来ようと自分以外は敵、という考えの連中だ』

「獲物《えもの》は早い者勝ち？」

『いかにも。生死は問わず、誰が一番早く狩るか、だ。私としても仕事だったからな。君が協力してくれて本当に助かった。あの国はいささか見境がなさすぎる』

むやみに金をばら撒《ま》くから、ああやって競《きそ》い合いになるんだと白い梟の口を借りたヴィンセントはぼやいた。

「そうなると仕事を盗《と》ったとかで、また地球側のせいになるじゃねーか。別に間違《まちが》ってないんだけど、なんか釈然《しゃくぜん》としねぇな」

ああいうならず者達は自分の獲物にうるさい。地球側に横取りされたと変な喧嘩を売ってくる輩《やから》もいるのだ。異世界に行く度に喧嘩を売られる身にもなって欲しい。

ヴィンセントは淡々《たんたん》と返した。

『今更《いまさら》だろう。こちらの方にも都合よく敵役《かたきやく》を押し付けているはずだが？』

「否定はしない」

『報告は以上だ。ホシナ、君は無茶《むちゃ》をする傾向《けいこう》がある。これからも大怪我《おおけが》をしないように気を付けろ。出会った時のような死にかけはごめんだからな』

「へいへい、わかってるよ。報告どうも」

『ああ、ではまた』

2

星名がシャルロットに会いに行っている間、軽食を用意して彼を待っていたリリカはクラウディアに話しかけられた。

「リリカちゃん」

普段《ふだん》、ふざけている彼女だったが、とても真剣《しんけん》な声だった。

「なによ」

「いつもいつも、置いて行かれますけど。気にならないんですか？」

不躾《ぶしつけ》な質問だった。

誰に、など言われなくてもわかる。星名に、だ。肝心《かんじん》なところでいつも彼女は置いて行かれてしまう。邪魔だと、足手まといだと言われてしまう。

「別に。付いて行っても邪魔になるって知っているもの。邪魔になるよりも邪魔にならないようにしたい。それだけよ」

それは本当のことで彼の優《やさ》しさでもあると知っているから。彼のその優しさを無駄にしたくないだけだ。優しさを受け取るのは心地《ここち》が良い。

「都合の良い存在になったとしても？」

「じゃあアンタは邪魔するの？　戦えもしないのに？」

「悪意的ですねぇ。そんなつもりはないです。ただ、気になりはしないのかな、と」

茶化《ちゃか》すように質問してきているが、その顔は真顔だ。

リリカは腰に下げたミニチュアを触《さわ》りながら、

「そりゃあ置いて行かれるのは辛《つら》いわよ。一緒《いっしょ》に戦えたとしてもそれは星名が呼んだから。アタシは根本的にアイツとは一緒に戦えない。でも、」

「でも？」

「アイツは頼《たよ》ってくれるから。それがあるから良いのよ。それに、惚《ほ》れた相手が守ってくれるなんて、素敵じゃない？」

そう言い切って、笑う。

そうだとも。

たとえ一緒に戦えなくても共にいる。今はそれで十分なのだ。

「……そう、ですね」

「文句あるの？」

「いいえ、全く。とても素敵だと思います。少し、昔話をしましょうか」

クラウディアは緩《ゆる》く首を横に振《ふ》ると、両手を後ろ手に組んだ。とっておきの秘密を話すために、彼女は息を吸《す》い込む。

「昔、隠密《おんみつ》に特化した特別技能戦闘員《せんとういん》を囮《おとり》にした、決死の作戦が使われたことがあります。馬鹿な上官のせいで戦場のど真ん中に取り残された馬鹿な部隊の尻拭《しりぬぐ》い。自業自得《じごうじとく》で済ませてしまえるはずの部隊は幸運なことに上層部から助けを向けられたのです。わたし達《たち》のような、特別技能戦闘員を」

クラウディアは歌うように言った。

リリカは黙って彼女の言葉に耳を傾《かたむ》ける。

隠密に特化しているということは戦闘《せんとう》能力はほとんどない者が大半だ。戦闘員と言いつつも実際は非戦闘員がその作戦には動員されたのだと彼女は言った。

「囮は死ぬことが前提だった。捨て身の作戦です。わざわざ貴重な特別技能戦闘員を消費してまで。何をしてでも助かりたかったんです、彼《かれ》らは。どうしても、何を犠牲《ぎせい》にしてでも」

身代わりになれと命令されて死地に向かった。本当ならそこで死ぬはずだった人がいた。

「当たり前の感情といえばそれまでです。ですが、代わりとして死地に向かった特別技能戦闘員に対して、彼らは感謝もなく、当たり前の犠牲として受け入れました。詰《なじ》られました、何故《なぜ》もっとはやく来なかったのかと」

それはあまりにも酷《ひど》い仕打ちだった。

だが、命令は覆《くつがえ》らない。

部隊を逃《のが》して、自分だけ取り残される恐怖《きょうふ》。死ぬしかないのだと思った絶望感。

「その時に、せんぱいが来てくれたのです。敵兵をすべて薙《な》ぎ払《はら》って、無傷で、でも焦《あせ》ってくれて。死ぬだけのわたしを掬《すく》い上げてくれたのです。それだけじゃない、もう二度とそんな任務に巻き込まれないようにしてくれた。あのような作戦は二度とさせない、と。初めてでした。独りよがりじゃない、助けて終わりじゃない。もう一度がないようにまでしてくれたのです」

星が来たのだと彼女は言った。

手の届かないキラキラした星が、目の前に降りてきてくれたのだと。

「本当に綺麗だった。真っ白いあの人が動くたびに羽が舞《ま》うみたいに白い軌跡《きせき》がたなびいて。あんなに綺麗な人を初めて見ました。泣いているわたしを泣き止《や》むまで慰《なぐさ》めてくれました。独りにしないでと縋《すが》ったわたしに、独りにしないと応《こた》えてくれました。大丈夫《だいじょうぶ》だと約束をしてくれました」

クラウディアは頬《ほお》を桃色《ももいろ》に染めて、幸せそうに笑った。

「一目惚《ひとめぼ》れです。初めての恋です。男性なんて弄《もてあそ》ぶだけだったわたしが。窮地《きゅうち》を一度救っ

てくれたから。たったそれだけでと笑いますか？」

「……いいえ、笑わないわ。アンタの恋はアンタだけの大切なものでしょう。誰《だれ》にだって笑う権利なんてありはしない」

リリカは断言する。彼女の想いは彼女だけのものだ。リリカの想いが踏《ふ》み躙《にじ》られないように。

同じようにクラウディアの想いだって誰にも踏み躙る権利などない。

「ふふ、ありがとう。だから、わたしは誰よりもせんぱいを優先します。わたしは命だけでなくすべてを救われました。愛を知りました。恋を、教えてもらいました。せんぱいはそんなこと知らないと言うでしょうけどね？」

「結局、同じってことでしょ。ライバルには変わりないわよ。敵に塩は送らないんだから」

「ふふふ、えぇ、勿論《もちろん》。全力で受けてたちます。わたしだって負けませんよ？」

恋する二人の乙女《おとめ》は、そう言い合って、花が咲《さ》くように笑った。

3

「改めて、お疲れ様だったね。第六〇八大隊のみんな」

食堂に集まった兵士達に指揮官のカトリから労りの言葉がかけられた。

「やっぱり上司はアナスタシアだな。他の奴、野郎だとこれ以上ねーほどムカつく。顔は良いんだが、全部台無し」

クラウディア、リリカとテーブルを囲んだ星名がボソリと呟《つぶや》く。彼らのテーブルに来たカトリは星名の目の前に腰掛《こしか》けながら首を傾《かし》げた。

「あれー？　要求を素直《すなお》に聞いてあげたからちょっとは機嫌が良くなるかなと期待したのだけど思った以上に機嫌が悪いな？」

カトリの権限をフル活用してシャルロットと話せるようにしてくれたのは知っている。知っているがそれとこれとは話が別だ。依然《いぜん》として星名の機嫌は底辺である。

ざわざわと喧騒《けんそう》に包まれた中、少し離れた場所にある星名がいる一角は静かだった。白の少年は行儀《ぎょうぎ》悪く頬杖《ほおづえ》をつく。

「面倒な後始末は【トゥルー・マザー】に任せてある。後のことはあいつの責任だぜ。報告ならアイツから受けろ」

「それはそうなんだけどさー。一応君だって関係者だろ？　シャルロットくんの身柄は君預かりだ。報告の義務はあると思うけどなぁ」

「俺は言っただろ、【トゥルー・マザー】が顔出すかもしれないって。出張ることはないっつったの、お前だぞ」

そう星名が言うと、カトリは苦い顔をした。

「そこに関してはすまない。彼女の子供への執着心《しゅうちゃくしん》を甘く見ていた。あれほど強引《ごういん》な手段を使って無理やり来るとは思わなかったんだ」

素直に頭を下げるカトリ。

それを見て責めても仕方ないと星名は一度大きくため息を吐き出した。テーブルの上に置かれた軽食には手をつけず、コーヒーの入ったコップの縁《ふち》を爪《つめ》でなぞる。

「もういい。お前が悪い訳じゃないし。生きているから何とかなるだろ」

「そもそも何でそんなにアンタは怒《おこ》ってるの？」

不機嫌《ふきげん》そのものですといったオーラをバチバチ漂《ただよ》わせていた彼が少しそのオーラを抑《おさ》えたからだろうか、隣《となり》に座っていたリリカがちょっこり顔を覗《のぞ》き込んでくる。

「言い方は悪いけど、よくあることでしょ。結局生きているんだし。そこまで怒ることなくない？」

「そうだな。これがよくある方だったら俺もここまで怒ってないよ」

「どういうことですか？」

「今回の一件は【トゥルー・マザー】のせいだ。アイツの不始末、アイツの考えた作戦のせいでこんな目にあってる。これはわかるよな？」

うん、と相槌《あいづち》を打ってカトリが補足する。

「そうだね。元々の発端《ほったん》は彼女が発案した作戦にあった。そこから【LOSER】が離反《りはん》した訳だから」

「で、離反したせいで【クリエイティブ・リスト】は流失。おまけに異世界の何処の誰に渡ったかもわかりゃしない。異世界の技術力あげてどうすんだって話だよ。アイツは戦闘員じゃないから戦場には出てこないが、俺達みたいな最前線で戦う奴らのリスクが上がってるんだぞ。不意打ちで食い合わせの悪い奴とかちあったらどうする？　弱点をつかれてスーチィみたいに囚《とら》われたら？」

自分の命をかけて戦っているのはこっちなのだ。戦場に出ないでぬくぬくと安全地帯に引きこもれる相手のミスで危険が増したという事実に憤慨《ふんがい》していた。

しかも相手は元々気に食わない【トゥルー・マザー】。

ふざけんなよっつーのが星名の正直な感想であった。

「シャルロットもシャルロットだ、もうちょいやりようがあっただろうに。中途半端《ちゅうとはんぱ》に地球と異世界巻《ま》き込むもんだから規模だけデカくなったじゃねぇか」

「せんぱいならどうします？」

「ん？」

クラウディアが静かに口を挟《はさ》んだ。

冷たく乾《かわ》いた灰色の目が向かい側、カトリの隣に座る妖艶《ようえん》な少女を見る。紅茶の入ったカップを両手で包んだ彼女は真面目な顔で此方を見つめていた。

「せんぱいなら、どうやってお母様に復讐《ふくしゅう》しますか？」

「俺か？　俺なら、そうだな……、アイツの考えた教育機関を全部破壊《はかい》して、教育と洗脳のノウハウをぐちゃぐちゃにする」

「え、えぐいな……」

当たり前に出てきたエグい言葉に引き気味のカトリだった。言うほどか？　と首を傾げながらも彼は滑《なめ》らかに続けた。

「そんで目の前で自殺する」

「何故？」

「なんで？」

クラウディアとリリカの言葉が被った。

不思議そうにしながら星名は、

「なんでって、それが一番効くから」

そう言った。

そのまま彼はいっそ楽しそうに言葉を並べていく。

「【トゥルー・マザー】の行動原理は【理想の子供を作ること】だ。もし、アイツの望むような完璧《かんぺき》な子供を演じられていて、期待され、将来を約束されていた愛する子供が目の前で何の前触《まえぶ》れもなく自殺したら？」

にぃぃ、と笑った顔はとんでもなく獰猛《どうもう》だった。残忍《ざんにん》に、彼は【トゥルー・マザー】が一番嫌がることを提示する。

「【理想の子供】に一番近くてこれからを期待してたやつが死ぬなんて、アイツにとっちゃあ何よりも効く嫌がらせになるだろうよ」

だからシャルロットの行動は生ぬるいと言ったのだ。

やることが中途半端。【トゥルー・マザー】に対しての復讐としてはあまりにも甘っちょろいから。

「そういや実際問題、【トゥルー・マザー】の降格処分はどうなるんだ？」

「結論から言うと、ないよ。自分で尻拭いはする、って宣言しているから。【ワールド・ストーム】と一緒さ。教育専門に居なくなられると後が困るからね。優秀《ゆうしゅう》だった子……後釜《あとがま》になりそうな【LOSER】も離反した。流石に犯罪者を推薦《すいせん》する訳にはいかないでしょう。

あ、それか【パーフェクト・イリュージョン】でも推薦する?」

試《ため》すだけなら良いよ? と軽い調子でカトリが言うと、クラウディアに視線が集中した。

注目の的になった彼女はぶんぶんと勢いよく左右に頭を振る。

「あの仕事量をやるとか絶対やです。そもそも【ワールドクラス】になんかなったらせんぱいと一緒にお仕事出来なくなるじゃないですか。困ります」

「ブレない答えね。ま、同意するけど」

つん、と唇《くちびる》を尖《とが》らせたリリカに何度か目を瞬《しばた》かせた星名はふわ、とあくびをこぼした。

「つーか、眠《ねむ》い」

「あはは、なかなか激戦だったみたいだね。本当にお疲れ様。短いけれど休憩《きゅうけい》は出来ると思うぜ」

「激務だなぁ。次の任務地はリゾートとかで良いと思うんだ」

「取り敢《あ》えず何か食べましょうよ。折角《せっかく》軽食を準備したけど、アタシはしっかり食べたい」

「あー、わかります。なんかこうガッツリ食べたい気分!」

「向こうにお肉あったわよ、取りに行く?」

「ぜひ!」

立ち上がった二人の少女を見送って、星名はコーヒーに口をつけた。灰色の目が伏《ふ》せられる。

「あ、双子《ふたご》ちゃん」

「あの子達まだいるんです⁉」

ワイワイ、ガヤガヤ。

騒《さわ》がしくも穏《おだ》やかな日常が戻《もど》ってきていた。

シャルロットが死んでも何も変わらずに、世界は今日も回るのだ。

4

数日後。

「はぁい、この度は本当に申し訳ございませんでしたぁ」

ぺこりと頭を下げるのは若奥様《わかおくさま》系美女。

【トゥルー・マザー】その人であった。

「何しに来たんだ、お前」

「刺々《とげとげ》しいですねぇ。色々とご迷惑《めいわく》をおかけしたので直接お詫《わ》びと感謝を述べに来たんですよう。お陰様《かげさま》で無事に【ワールドクラス】のままですしねぇ」

「元はと言えばお前が変な作戦立てるからだろ。諜報員《ちょうほういん》の全員撤退《てったい》の件といい、優秀な諜報員の裏切りといい、情報管理の杜撰《ずさん》さといい、しばらくは大人しくしてるんだな」

仮拠点としていた建物の中から出てきた【トゥルー・マザー】をちょうど外から帰ってきた星名が迎える形で、彼らは相対する。

ごん、と外に出る扉《とびら》に頭を預けた星名は腕《うで》を組んだまま、【トゥルー・マザー】を感情の読めない灰色の目で見つめた。

にこやかに微笑《ほほえ》んだ彼女は、

「ええ、お言葉通り、暫《しば》くは【本国都市】に引っ込んで教育に専念しろとのお達しですよお。流石の【無重力システム】にも怒られましたしねえ」

「当たり前だろ。悪趣味な作戦を思いつきやがって。しかもお前、【無重力システム】を通さないで勝手に受理させただろ」

そうでなければ通るはずのない案だ。

【無重力システム】は効率を重視する性格だが、それ以上に仲間内、特に特別技能戦闘員に対して情が厚い。星名と同じような性格なのだ、そんな彼（もしくは彼女）が許すとは思えなかった。

「ノーコメントでお願いしますう」

否定しないというのは、そういうことだ。灰色の目を細めただけで追及しなかった彼は話題を変える。

「そういや、あの双子はどうなるんだ？」

「チカチーナとオルチーナですかあ？　彼女達《かのじょたち》には問題ない、と決定が下りましたが、預かりは第六〇八部隊になるはずですよ。何かあれば貴方《あなた》がどうにかするでしょうし」

「結局他人任せかよ」

「一番安全であると判断された対策ですよう。そもそも決定を下したのは【無重力システム】ですから」

「拒否権《きよひけん》はなし、な。はいはい、了解したよ」

万事《ばんじ》解決、とばかりに笑っている仲間達から少し離《はな》れた場所で、その騒《ざわ》めきを遠くで聞きながら星名は不意に口を開いた。

脅威《きようい》は去り、裏切り者は投獄《とうごく》された。

いつも通りの解決した風景を感じながら。

「【トゥルー・マザー】」

「はぁい、なんですかぁ？」

星名の奥《おく》、兵士達の騒ぐ様に、親が子を見守るような慈愛《じあい》の視線を送っていたおっとり系美女が柔《やわ》らかく声を返す。間延びした言葉にぴくりとも表情を動かさない彼は歌うように言った。

「どれだけ多くの子供を育ててもお前の理想にはなれないよ」

唐突《とうとつ》な言葉だった。

にこりと柔らかな笑《え》みを浮かべていた【トゥルー・マザー】はその笑みを保ったまま頷《うなず》く。わかっているというように。

「それでも、諦《あきら》めるという選択肢《せんたくし》はありません。知っていますでしょぉ？」

「無駄《むだ》だとわかっているのにか」

「今はいないかもしれない。ですが、これから現れる可能性はゼロじゃありません。ならば最期《さいご》まで生き方を貫《つらぬ》くのがわたしの信条ですからぁ」

【トゥルー・マザー】。本当の母。

理想的で、典型的で、お母さんと言われて想像する母親を形にしたような女性。だがそれはあくまでも他人から見た理想の母だ。母の形に決まりはない。人間の数だけ、母親の数だけ在り方は無数にある。

誰も彼もが想像するような理想の母親像など存在するはずがない。

【トゥルー・マザー】、彼女は決して母親にはなれない。

だから、歪《いびつ》だし、報《むく》われない。彼女も、彼女に子供として接される者達も。

「お前の理想はお前の中にだけあるものだ。お前のそれは妄想《もうそう》でしかない。想像ですらなく、妄想の中にある理想像さ」

「いいえ。そんなことはないんですよぉ。わたしの理想を体現してくれる子は絶対にいます。その子こそがわたしの本当の子供なんですから」

「たった一つの乖離《かいり》すら許せないお前には無理な話だよ。お前が産むはずだった子供はいない。死んだ者は、誰も代わりにはなれないのだから」

「だから本物を探すんですよぉ。何年かかっても絶対に。だってわたしの子供なら絶対に見つけられるはずなんですから」

何処まで行っても平行線だった。

彼女は諦めることをしないだろう。その一途《いちず》で、愚直《ぐちよく》なまでの考えだけで【ワールドクラス】まで上り詰《つ》めた女だ。決めたことを曲げることはしない。星名が譲《ゆず》れないものを持つのと同様に。

「忠告はしたぞ。自分がしたことは返ってくる。それが善意であれ、悪意であれ、確実に。奪《うば》った者は奪われるように。殺した者は殺されるように」

これはただのお節介《せつかい》だ。星名の気まぐれによる、答えの分かりきったことに対する意見だ。回答は知っているのに、それでも言わずにはいられなかっただけの話である。

「ええ、【銀の惑星《わくせい》】。あなたのその厚意には感謝しますよぉ。あなたが言ってくれた言葉は生涯《しょうがい》忘れないでしょう。それでも、譲れないものがあるのです」

「……そうか」

決まっているから何も思わなかった。

彼女は変わらないし、変われない。いつか星名が言ったようになるだけだ。

「じゃあ、わたしはこの辺で。次の仕事がありますので」

「おう、またな」


『愛する人が、命をかけても!!　世界は何も変わらなかった!!』


彼女の絶叫《ぜっきょう》を思い出す。

そうだとも。誰かの大事な人が死んだって、朝日は昇るし、生きているなら腹は空《す》く。

今日も明日もあるがまま、世界は正常に回るのだ。


世界はいつでも狂《くる》っている。

軽い電子音が鳴った。端末《たんまつ》を取り出した星名は何事もなくそれを耳に当てる。平坦《へいたん》な声で、問いかける。

いつものように日常に戻る為《ため》に。

「なんだ」

『【銀の惑星】。貴方にご指名の仕事です。戦場へのご招待ですよ』

「はいよ、場所は？」

『旧世界においては大都市であった街、フランス、パリです』

「了解」

今日も明日も変わらない。

変わらないまま戦争は続いていくことだろう。

これからも、ずっとずっと、その先も。

あとがき

こんにちは、ニーナローズです。

『異世界と繋がりましたが、向かう目的は戦争です　2』を手に取っていただき誠にありがとうございます。

第二巻が発売されて嬉しく感じております。これでシリーズと胸を張って言える事でしょう。長く時間がかかりましたが、無事に皆様に届ける事が出来た事をとてもありがたく思います。

さて、今回は地球メインの諜報員のお話しとなりました。

諜報員といえばカメレオンのような能力を持ったクラウディア。彼女の上司や同僚、部下にあたる関係性は家族で固められています。

親密さがあるはずの家族関係なのに、関係自体はとってもドライ。仲良くしながら時に切り捨てる事すらする。だからこその密な関係、そして歪さを感じていただけましたでしょうか？

個人的にはクラウディアの妹にあたる、双子がお気に入りです。書いていた時はあまり思いませんでしたが、意外と良いキャラになったのでお気に入りになりました。その点で言うとカトリも本当ならもう少し大人しい性格になるはずだったのですが、割とはっちゃけるタイプになってしまいました。

シャルロットは諜報員でしたが同時に恋する乙女でもありました。愛になれなかった恋の為、地球を裏切り、異世界側へと情報を流した彼女。本人が扱う能力が罪悪感というところもポイントです。

今回登場する【ワールドクラス】は【トゥルー・マザー】。

直接的に戦闘できるギルカルテと違い、洗脳という後方で暗躍するタイプですね。様々な秘密を抱え、他人に守らせる為に洗脳という能力を扱います。子供好きなのに子育てには向いてなさそうなヤツ、というのが【トゥルー・マザー】のイメージです。自分の力で歪な家族関係を築く為にのし上がった彼女は、どこまでいっても自分勝手な性格です。そんな奴が地球の教育専門のトップを担っています。

母と子の親子関係、家族という枠組みを利用した能力でしたが、教育らしく教師と生徒、師匠と弟子といった関係性でも面白かったかもしれません。その場合は今の形ではなく、違った形になったでしょうが。

最後に謝辞を。

今回も色々と助言をいただいた担当編集者様。新たにイラストを担当してくださったNａｉｖｅ様、誠にありがとうございます。また、カバーデザイン担当者様、校正、校閲担当者様や本書の制作に関わってくださった、全ての方々に多大なる感謝を申し上げます。

そしてこの本を手に取ってくださった読者の皆様に最大の感謝を。

また何処かで出会えますよう。

セクシー女教師か、おっとり若奥様かでとっても悩みました。

HJ文庫 https://firecross.jp/
1046

異世界と繋がりましたが、向かう目的は戦争です2

2024年2月1日　初版発行

著者――ニーナローズ

発行者―松下大介
発行所―株式会社ホビージャパン

〒151-0053
東京都渋谷区代々木2-15-8
電話　03(5304)7604（編集）
03(5304)9112（営業）

印刷所――大日本印刷株式会社

装丁――BELL'S GRAPHICS／株式会社エストール

ISBN978-4-7986-2971-1　C0193

ファンレター、作品のご感想お待ちしております

〒151-0053　東京都渋谷区代々木2-15-8
(株)ホビージャパン HJ文庫編集部 気付
ニーナローズ 先生／Naive 先生

生来の体質は劣等だけど、その身の才能は規格外!!

魔界帰りの劣等能力者

著者／たすろう　イラスト／かる

堂杜祐人は霊力も魔力も使えない劣等能力者。魔界と繋がる洞窟を守護する一族としては落ちこぼれの彼だが、ある理由から魔界に赴いて――魔神を殺して帰ってきた!!

　天賦の才を発揮した祐人は高校進学の傍ら、異能者として活動するための試験を受けることになり……。

シリーズ既刊好評発売中

魔界帰りの劣等能力者 1〜11

最新巻　**魔界帰りの劣等能力者12.幻魔降ろしの儀**

HJ文庫毎月1日発売　　発行：株式会社ホビージャパン

王道戦記とエロスが融合した唯一無二の成り上がりファンタジー!!

クロの戦記

異世界転移した僕が最強なのはベッドの上だけのようです

著者／サイトウアユム　イラスト／むつみまさと

異世界に転移した少年・クロノ。運良く貴族の養子になったクロノは、現代日本の価値観と乏しい知識を総動員して成り上がる。まずは千人の部下を率いて、一万の大軍を打ち破れ！　その先に待っている美少女たちとのハーレムライフを目指して!!

シリーズ既刊好評発売中

クロの戦記 1～12

最新巻　クロの戦記 13

HJ文庫毎月1日発売　発行：株式会社ホビージャパン

幼馴染に陰で都合の良い男呼ばわりされた俺は、好意をリセットして普通に青春を送りたい 1

著者/野良うさぎ
イラスト/Re岳

不器用な少年が青春を取り戻すラブストーリー

人の心が理解できない少年・剛。数少ない友人の少女達に裏切られた彼は、特殊な力で己を守ることにした。その力―『リセット』で彼女達への感情を消すことで。しかし、忘れられた少女達は新たな関係を築くべくアプローチを開始し―これは幼馴染から聞いた陰口から始まる恋物語。